A PROMESSA

A PROMESSA

RICHARD PAUL EVANS

A PROMESSA

ALTA BOOKS
GRUPO EDITORIAL
Rio de Janeiro, 2023

A Promessa

Copyright © 2023 da Starlin Alta Editora e Consultoria Eireli.
ISBN: 978-65-5520-906-8

Translated from original Promise Me. Copyright © 2010 by Richard Paul Evans. ISBN 9781439150030. This translation is published and sold by permission of Simon & Schuster, the owner of all rights to publish and sell the same. PORTUGUESE language edition published by Starlin Alta Editora e Consultoria Eireli, Copyright © 2023 by Starlin Alta Editora e Consultoria Eireli.

Impresso no Brasil — 1ª Edição, 2023 — Edição revisada conforme o Acordo Ortográfico da Língua Portuguesa de 2009.

Dados Internacionais de Catalogação na Publicação (CIP) de acordo com ISBD

E92p   Evans, Richard Paul
         A Promessa / Richard Paul Evans ; tradução de Thiago Novais. –
         Rio de Janeiro : Alta Books, 2023.
         320 p. ; 16m x 23cm.

         Tradução de: Promise Me
         ISBN: 978-65-5520-906-8

         1. Literatura americana. 2. Romance. I. Novais, Thiago. II. Título.

2022-519   CDD 813.5
                                                            CDU 821.111(73)-31

Elaborado por Vagner Rodolfo da Silva - CRB-8/9410

Índice para catálogo sistemático:
1. Literatura americana : Romance 813.5
2. Literatura americana : Romance 821.111(73)-31

Todos os direitos estão reservados e protegidos por Lei. Nenhuma parte deste livro, sem autorização prévia por escrito da editora, poderá ser reproduzida ou transmitida. A violação dos Direitos Autorais é crime estabelecido na Lei nº 9.610/98 e com punição de acordo com o artigo 184 do Código Penal.

A editora não se responsabiliza pelo conteúdo da obra, formulada exclusivamente pelo(s) autor(es).

Marcas Registradas: Todos os termos mencionados e reconhecidos como Marca Registrada e/ou Comercial são de responsabilidade de seus proprietários. A editora informa não estar associada a nenhum produto e/ou fornecedor apresentado no livro.

Erratas e arquivos de apoio: No site da editora relatamos, com a devida correção, qualquer erro encontrado em nossos livros, bem como disponibilizamos arquivos de apoio se aplicáveis à obra em questão.

Acesse o site www.altabooks.com.br e procure pelo título do livro desejado para ter acesso às erratas, aos arquivos de apoio e/ou a outros conteúdos aplicáveis à obra.

Suporte Técnico: A obra é comercializada na forma em que está, sem direito a suporte técnico ou orientação pessoal/exclusiva ao leitor.

A editora não se responsabiliza pela manutenção, atualização e idioma dos sites referidos pelos autores nesta obra.

Produção Editorial
Editora Alta Books

Diretor Editorial
Anderson Vieira
anderson.vieira@altabooks.com.br

Editor
José Ruggeri
j.ruggeri@altabooks.com.br

Gerência Comercial
Claudio Lima
claudio@altabooks.com.br

Gerência Marketing
Andréa Guatiello
andrea@altabooks.com.br

Coordenação Comercial
Thiago Biaggi

Coordenação de Eventos
Viviane Paiva
comercial@altabooks.com.br

Coordenação ADM/Finc.
Solange Souza

Direitos Autorais
Raquel Porto
rights@altabooks.com.br

Produtoras da Obra
Illysabelle Trajano
Maria de Lourdes Borges

Assistente da Obra
Caroline David
Henrique Waldez

Produtores Editoriais
Paulo Gomes
Thales Silva
Thiê Alves

Equipe Comercial
Adenir Gomes
Ana Carolina Marinho
Daiana Costa
Everson Rodrigo
Fillipe Amorim
Heber Garcia
Kaique Luiz
Luana dos Santos
Maira Conceição

Equipe Editorial
Andreza Moraes
Beatriz de Assis
Betânia Santos
Brenda Rodrigues
Gabriela Paiva
Kelry Oliveira
Marcelli Ferreira
Mariana Portugal
Matheus Mello
Milena Soares

Marketing Editorial
Amanda Mucci
Guilherme Nunes
Jessica Nogueira
Livia Carvalho
Pedro Guimarães
Talissa Araújo
Thiago Brito

Atuaram na edição desta obra:

Tradução
Thiago Novais

Revisão Gramatical
Marcela Sarubi

Diagramação
Rita Motta

Capa
Rita Motta

Editora afiliada à:

ASSOCIADO

ALTA BOOKS
GRUPO EDITORIAL

Rua Viúva Cláudio, 291 – Bairro Industrial do Jacaré
CEP: 20.970-031 – Rio de Janeiro (RJ)
Tels.: (21) 3278-8069 / 3278-8419
www.altabooks.com.br — altabooks@altabooks.com.br
Ouvidoria: ouvidoria@altabooks.com.br

✦ AGRADECIMENTOS ✦

Laurie Kiss, Amanda Murray (foi divertido enquanto durou, Amanda. Obrigado por suas ideias e pela fé nesta história. Eu realmente gostei de trabalhar com você), David Rosenthal (David, foi um prazer trabalhar com você todos esses anos, desejo sucesso em suas novas buscas), Carolyn Reidy, Gypsy da Silva, o revisor Fred Wiemer, Jonathan Karp (espero voltar a trabalhar com você, Jonathan), minha assistente de escrita, Jenna Evans Welch.

Pela ajuda nas pesquisas: dr. David Benton (um médico magnífico. Obrigado por estar sempre presente, David) e Kristy Benton. Mallori Resendez Bassetti.

A equipe: James Evans, Diane Glad, Heather McVey, Judy Schiffman, Karen Christoffersen, Lisa V. Johnson, Karen Roylance, Lisa Mcdonald, Sherri Engar, Doug Smith e Barbara Thompson.

Keri, Jenna e David Welch, Allyson-Danica, Abigail Hope, McKenna Denece, Michael (sinto, *Bello*. Você não me ajudou nem um pouco).

Meu amor e admiração a todos vocês.

Para Keri

PRÓLOGO

Trancafiados em porta-joias, escondidos em meu closet, encontram-se dois colares. São presentes de dois homens diferentes.

Os dois colares são belos, ambos são valiosos e não uso nenhum deles, por motivos completamente diferentes — um em razão de uma promessa desfeita, o outro por conta de uma promessa mantida.

Enquanto estiver lendo minha história, há algo que quero que compreenda. Apesar de todo o sofrimento — passado, presente e o que ainda virá — eu não teria feito nada diferente. Nem sequer trocaria por qualquer outra coisa o tempo que passei com ele — exceto por aquilo que, afinal, eu o troquei.

✦ Diário de Beth Cardall ✦

Quando eu era pequena, minha mãe me disse que todo mundo tem um segredo. Suponho que estivesse certa. Meu nome é Beth, e esta é a história de meu segredo. Não é aqui que minha história começa. E nem é aqui que ela termina. É aqui, eu espero, que ela se cumpre.

É a véspera de Natal de 2008. O céu noturno se recobre de flocos de neve, que ondulam indecisos no céu como as sementes flutuantes dos algodoeiros. Nossa bela casa perto do desfiladeiro cintila, iluminada por matizes dourados e decorada por dentro e por fora para esta época. Seu interior é aconchegante. Há uma chama ardendo na lareira da sala de estar, sob um retrato de família com a data estampada e encimada por uma tampa de madeira talhada, repleta com a nossa coleção de bonecos quebra-nozes alemães.

A fragrância das folhas de pinheiro, dos brindes e das velas perfumadas preenchem a casa, assim como os aromas da culinária de Kevin. Kevin é meu marido e, na véspera de Natal, a cozinha é *dele* — uma tradição iniciada há sete natais e que espero que jamais termine.

A terna e familiar paz dos cânticos de Natal compõe a trilha sonora da noite. Tudo está no lugar. Tudo está perfeito. É preciso que esteja. Esperei dezoito anos por esta noite.

Aguardamos a chegada dos convidados, nossos velhos amigos Roxanne e Ray Coates e a nossa filha Charlotte e seu marido.

Enquanto Kevin termina os preparativos, estou no andar de cima, no banheiro principal, tentando me recompor e torcendo para que ninguém repare que estive chorando.

A sós com meus pensamentos, retiro um antigo porta-joias de cedro do fundo da prateleira superior de meu *closet*. Não me recordo quanto tempo faz desde que abri aquela caixa, mas ela está coberta de pó. Acomodo-a no balcão do banheiro e ergo a tampa para desvelar o interior de veludo vermelho amarrotado e, dentro, a joia única — um delicado pingente de camafeu com o perfil elegante de uma mulher gravado em uma concha. A imagem está presa a um engaste de ouro, preso a uma vistosa corrente do mesmo metal. Tiro o colar da caixa. Faz muitos anos desde que o contemplei — muitos mais desde que ele o deu para mim. Há uma razão para que eu não o use. Aquilo carrega tantos sentimentos que seria como se eu carregasse uma bigorna em volta do pescoço. Mesmo agora, apenas de olhá-lo, sinto esse peso à medida que abro uma parte de minha mente que mantive fechada: a noite em Capri, quando ele me beijou e pousou o colar suavemente ao redor de meu pescoço. Era um outro tempo, um outro mundo, mas as lágrimas rolam pela minha face da mesma forma que rolaram na época.

 Fecho o colar e me olho no espelho. Estou muito mais velha do que da última vez em que o usei. É difícil acreditar que dezoito anos se passaram.

 Por todos esses anos, carreguei um segredo que não pude compartilhar com ninguém. Se o contasse, ninguém teria acreditado. Ninguém compreenderia. Ninguém, exceto o homem com quem divido o segredo. Durante precisamente dezoito anos, ele não se lembrou. Esta noite, isso pode mudar. Nesta noite, o tempo emparelhou-se consigo mesmo. Sei que isso não faz sentido para você, mas irá fazer.

✦

Minha história começa de fato em 1989. Existem anos em nossa vida que vêm e vão, e mal deixam uma impressão, mas, para mim, 1989 não foi um deles. Foi um ano difícil, e por difícil não me refiro a passar um dia no Departamento de Trânsito, refiro-me a algo difícil como um *inverno siberiano*, ao qual sobrevivi por pouco, e jamais poderia esquecer, por mais que o desejasse.

 Era o fim de uma década e de uma era. Foi um ano de contrastes, de *Campo dos sonhos* e de *Versos satânicos*. Acontecimentos históricos notáveis encerraram a década — a queda do Muro de Berlim, o Massacre na Praça da Paz Celestial. Houve o falecimento de figuras notáveis também: Lucille Ball, Bette Davis e Irving Berlin. Meu primeiro marido, Marc, também faleceu, mas é tudo que direi sobre isso no momento. Você irá compreender.

Amei três homens em minha vida. Fui casada com Marc por sete anos, e estou casada com Kevin há doze. Mas houve um homem entre os dois — um homem que sempre amarei —, mas um amor que nunca poderia existir. Aconteceu pouco mais de dois meses após a morte de Marc, no dia de Natal, quando ele entrou em minha vida e transformou quase toda a verdade de minha existência. Não é fácil explicar o modo como ele surgiu em minha vida, e para onde foi, mas farei o possível.

Já ouvi dizer que a realidade não passa de um sonho coletivo. Minha história poderá desafiar suas crenças sobre o céu e a terra. Ou não. A verdade é que muito provavelmente você não acreditará em minha história.

Não posso culpá-lo pela descrença. Nos últimos dezoito anos, tive tempo suficiente para esmiuçar isso e, para ser honesta, se eu mesma não a tivesse vivido, certamente também não acreditaria nela.

Não importa. Esta noite, o silêncio pode ter fim. Esta noite, alguém poderá compartilhar o segredo comigo, e mesmo que mais ninguém acredite no que passei, já basta não ter de carregá-lo sozinha. Talvez. Esta noite, dentro de algumas horas, saberei de fato.

CAPÍTULO

Um

*Há dias que vivem na infâmia,
tanto para indivíduos quanto para nações.
O dia 12 de fevereiro de 1989 foi o meu
equivalente pessoal ao ataque a
Pearl Harbor ou ao 11 de Setembro.*

✦ Diário de Beth Cardall ✦

Minha vida nunca foi perfeita, mas, até o dia 12 de fevereiro, ela estava muitíssimo perto disso. Era assim que eu pensava, ao menos. Meu marido Marc estivera fora da cidade por várias semanas e chegara em casa por volta das três da madrugada. Ouvi-o entrar no quarto, despir-se e se deitar.

Rolei para o lado, beijei-o e coloquei meus braços em volta dele.

— Fico feliz que esteja em casa.

— Eu também.

Não fora feita para ser a esposa de um vendedor. Minha concepção de casamento é ter alguém para dividir tanto os dias da semana quanto os do fim de semana. E, acima de tudo, odeio dormir sozinha. Você poderia pensar que depois de cinco anos eu me acostumaria, mas não era assim.

Nunca me acostumei.

Marc ainda dormia quando o radiorrelógio disparou, três horas e meia depois. Desliguei o despertador, virei para o lado e me aninhei em seu corpo quente por alguns minutos, depois lhe dei um beijo no pescoço e pulei da cama. Aprontei-me para o dia, acordei nossa filha Charlotte, de seis anos, fiz o café da manhã para ela e levei-a até a escola.

Era uma rotina à qual me habituara ao longo dos últimos seis meses, desde que Charlotte entrara na primeira série e eu voltara a trabalhar. Com Marc na estrada na maior parte do tempo, eu me tornara bastante independente em minha rotina. Deixei Charlotte na escola e fui direto para o meu trabalho na Prompt Cleaners — uma lavanderia a seco, cerca de dois quilômetros de nossa casa em Holladay, Utah.

Marc ganhava o suficiente para que pudéssemos viver, ainda que não muito mais que isso, e o orçamento estava sempre apertado. Eu trabalhava para que tivéssemos tranquilidade financeira, para os gastos extras, e para me tirar de casa quando Charlotte estivesse na escola. Não era uma garota ambiciosa, e duvido que trabalhar em uma lavanderia qualifique alguém como tal, mas me enfurnar em casa sozinha o dia todo sempre me deixara um pouco louca.

Estava no trabalho havia pouco mais de uma hora, nos fundos, passando ternos, quando Roxanne veio me chamar para atender um telefonema. Acenou para chamar a minha atenção.

— Beth, é para você. É da escola da Charlotte.

Roxanne — ou Rox, como ela gostava que a chamassem — era minha melhor amiga no trabalho. Era, na verdade, a minha melhor amiga em qualquer lugar. Tinha trinta e oito anos, uma década mais velha que eu, baixinha de um metro e meio, magra como um palito e se parecia um pouco com a cantora de rock Pat Benatar — que você não deve conhecer se não passou pela década de 1980. Vinha de uma pequena cidade ao sul de Utah chamada Hurricane (pronunciado *Ru-ri-cãn* por seus habitantes), falava com o sotaque do lugar, com uma leve ênfase animada nas vogais, e usava expressões afetuosas com quase a mesma frequência que o rap usa palavrões.

Era casada havia dezoito anos com Ray, um homem baixo, de abdome roliço, que trabalhava na companhia telefônica, e fazia bicos ocasionais na guarita de uma construtora. Tinha uma filha, Jan, uma versão loira de dezesseis anos da mãe. Jan também era a babá preferida minha e de Charlotte.

Adoro Roxanne. É uma dessas pessoas que o céu raramente manda para a terra — uma alegre combinação de loucura e graça. Era minha amiga, minha guru, meu alívio cômico, minha confidente, meu Prozac e meu anjo da guarda, tudo junto numa silhueta esguia. Todo mundo deveria ter uma amiga como Roxanne.

— Você me ouviu, querida? — repetiu. — O telefone.

— Eu ouvi — gritei por sobre o assobio da máquina de passar. Pendurei o terno que estava passando, e caminhei até a frente da loja.

— É da escola?

Roxanne me entregou o telefone.

— É o que a moça falou.

Joguei meus cabelos para trás e coloquei o aparelho na orelha.

— Alô, aqui é a Beth.

Uma voz jovem e feminina disse:

— Senhora Cardall, meu nome é Angela. Sou a enfermeira do Hugo Reid. A pequena Charlotte está se queixando de dores de cabeça e de uma irritação no estômago. Está aqui deitada em minha sala. Acho que ela provavelmente precisa voltar para casa.

Fiquei surpresa, já que Charlotte se sentia perfeitamente bem uma hora antes, quando me despedi dela.

— Está bem, claro. Estou no trabalho agora, mas meu marido está em casa. Um de nós estará aí dentro de meia hora. Posso falar com Charlotte?

— Claro.

No momento seguinte, a voz de Charlotte irrompeu baixinho no telefone.

— Mamãe?

— Oi, minha querida.

— Não estou me sentindo bem.

— Que pena, meu amor. Papai ou eu vamos pegar você. Logo estaremos aí.

— Tudo bem.

— Eu te amo, meu bem.

— Eu também te amo, mamãe. Tchau.

Desliguei o telefone. Roxanne me fitava da caixa registradora.

— Está tudo bem?

— Charlotte está doente. Ainda bem que Marc está em casa.

Liguei para casa e deixei o telefone tocar ao menos uma dúzia de vezes antes de desligar. Resmunguei, olhei para Roxanne e balancei a cabeça.

— Saiu? — perguntou Roxanne.

— Ou isso ou ainda está dormindo. Preciso buscar Charlotte. Você pode me cobrir?

— Pode deixar.

— Não sei como está a agenda de Marc. Talvez eu não consiga voltar.

— Não se preocupe, o dia está calmo.

— Obrigada. Fico devendo uma.

— Você me deve muito mais que uma, amiga — ironizou Roxanne. — E, algum dia, vou cobrar.

A escola de Charlotte ficava a apenas seis quarteirões da lavanderia, a poucos minutos de carro. Estacionei o velho Nissan na frente da escola e caminhei até a secretaria. O secretário me aguardava e me conduziu até a enfermaria. A pequena sala quadrada estava intencionalmente escura, iluminada apenas por uma luminária de mesa. Charlotte estava deitada sobre uma maca, com os olhos fechados, e a enfermeira se encontrava ao seu lado.

Aproximei-me da maca, me inclinei e beijei sua testa.

— Oi, querida.

Seus olhos se abriram devagar.

— Oi, mamãe.

Suas palavras eram um pouco ininteligíveis, e seu hálito tinha um cheiro forte de vômito.

A enfermeira falou:

— Sou Angela. Você tem uma garotinha muito meiga, aqui. Sinto muito por ela não estar bem.

— Obrigada. É estranho, ela estava bem esta manhã.

— A senhorita Rossi disse que ela parecia bem quando chegou, mas começou a se queixar de dor de cabeça e dor de estômago por volta das dez horas. Medi sua temperatura há meia hora, mas estava normal, 36,8 °C.

Balancei a cabeça mais uma vez.

— Estranho.

— Talvez seja uma enxaqueca — disse a enfermeira. — Isso explicaria a náusea. Ela vomitou há uns dez minutos.

Esfreguei a bochecha de Charlotte.

— Puxa, querida. — Voltei-me para trás.

— Ela nunca teve enxaqueca. Talvez um pouco de repouso ajude. Obrigada.

— Não há de quê. Direi à senhorita Rossi que Charlotte foi para casa.

Inclinei-me ao lado de Charlotte.

— Vamos, querida?

— Ahã.

Ergui-a nos braços, e levei-a pendendo sobre meus ombros até o carro.

Ela não falou muito enquanto eu dirigia para casa, e, sempre que me virava para trás, ficava surpresa em ver como ela parecia doente. Adentrei a garagem torcendo para que Marc ainda estivesse em casa, mas seu carro não estava ali. Levei Charlotte para dentro, e deitei-a em nossa cama. Ela ainda estava letárgica.

— Você precisa de alguma coisa, coração?

— Não.

Ficou de bruços e afundou a cabeça em meu travesseiro. Puxei o lençol até seu pescoço. Saí do quarto e liguei para o ramal de Marc, mas tudo que consegui foi ouvir a mensagem da caixa postal. Liguei para Roxanne para avisá-la de que aparentemente não voltaria ao trabalho naquele dia.

— Não se preocupe, meu bem — ela respondeu. — Eu a cubro.

— Eu te amo — disse.

— Eu também. Dê um beijo na Char, por mim.

Charlotte ficou na cama durante o resto da tarde, dormindo na maior parte do tempo. Por volta da uma da tarde, dei-lhe uma torrada e soda limonada.

Meia hora depois, ela vomitou novamente, e se encolheu, dobrando os joelhos e reclamando de dor de estômago. Sentei-me na cama ao seu lado, esfregando suas costas. Para o jantar, fiz canja de galinha, que ela tomou sem vomitar.

Marc não chegou em casa antes das sete horas.

— Oi, querida — disse. — Como foi seu dia?

Acho que precisava de alguém para extravasar a ansiedade do dia.

— Terrível — disse, séria. — Onde você esteve?

Ele me olhou com curiosidade, sem dúvida tentando imaginar o que fizera de errado.

— Você sabe como é quando volto para a cidade, é uma reunião atrás da outra.

— Eu tentei achar você em seu ramal.

— Como eu disse, estava em reuniões. Se eu soubesse que você estava tentando me achar...

Abraçou-me.

— Mas estou aqui, agora. Que tal se levar você e Char para jantar fora?

Abrandei minha voz.

— Desculpe, foi um dia difícil. Charlotte não está se sentindo bem. Tive de buscá-la na escola. E já fiz uma canja de galinha para o jantar.

Ele se endireitou, visivelmente preocupado.

— Doente? Onde ela está?

— Na nossa cama.

Foi vê-la imediatamente. Acendi o fogão, para esquentar a canja, e segui Marc até nosso quarto. Charlotte deu um gritinho quando o viu.

— Papai!

Ele se sentou ao seu lado na cama.

— Como está minha macaquinha?

— Não sou uma macaquinha.

— Você é minha macaquinha. Você é meu pequeno babuíno.

Deitou-se ao lado dela, seu rosto próximo ao de Charlotte.

— Mamãe me disse que você não está se sentindo bem.

— Estou com dor de barriga.

Ele beijou sua testa.

— Talvez porque você tenha comido todas aquelas bananas.

— Não sou uma macaquinha! — repetiu Charlotte, alegre.

Não pude deixar de sorrir. Era bom vê-la feliz de novo. Charlotte adorava Marc, e sentia muito sua falta quando ele estava fora, o que acontecia ao menos duas semanas todo mês. Em seu favor, Marc sempre fazia o possível para estar conosco. Ligava todas as noites para perguntar como fora o meu dia e dar boa-noite para Charlotte.

— Você jantou?

— Mamãe fez canja de galinha para mim.

— Estava gostosa?

Assentiu com a cabeça.

— Acho que vou tomar um pouco, se você ainda não tiver comido tudo.

Ergueu as sobrancelhas.

— Você comeu tudo, minha porquinha?

Ela riu.

— Você disse que eu era uma macaquinha.

— É verdade. Então fique na cama e não suba mais em árvores.

Ela riu mais uma vez.

— Eu não sou uma macaquinha!

— Era só para ter certeza. — Marc beijou sua testa, levantou-se e caminhou para fora do quarto, fechando a porta delicadamente atrás de si.

— O que há com ela? Parece que perdeu peso.

— Não sei. Na escola, saiu da classe com dor de cabeça, e depois vomitou.

— Ela está com febre?

— Não. Talvez seja apenas uma pequena enxaqueca, ou algo assim. Acho que até amanhã já terá passado. — Abracei-o. — Estou feliz que finalmente esteja em casa.

— Eu também. — Ele me beijou. — Mais do que imagina.

E então me beijou novamente. Beijamo-nos por vários minutos. Empurrei-o.

— Você sentiu a minha falta — falei, provocando-o.

— Então, a pequenina vai dormir na nossa cama hoje à noite?

Sabia por que ele estava perguntando, e isso me alegrou.

— Não. Ela dormirá em sua própria cama.

— Que bom. Senti sua falta.

— Eu também — disse. — Odeio uma cama fria.

— Eu também.

Ele me beijou mais uma vez, e depois se afastou.

— Quer dizer que você fez uma canja?

Tirei os cabelos do rosto.

— Sim. Já deve estar quente. Quer pão? Eu assei alguns daqueles pães congelados.

— Adoraria alguns.

Caminhamos de volta para a cozinha. Marc se sentou à mesa, e fui para o fogão. A canja estava começando a ferver. Desliguei o fogo e entornei uma concha em um prato.

— E então, como foi em Phoenix? Ou era Tucson?

— Ambos. Saí-me bem nos dois lugares. A economia está aquecida no momento, e os hospitais andam bem folgados em seu orçamento. E o clima no Arizona é fantástico, céu azul, e a temperatura fica por volta dos vinte graus.

— Eu gostaria de ter ido. Não se deveria respirar um ar que se pode enxergar.

— É, tive um ataque de tosse no momento em que entrei no vale. Precisamos de uma boa tempestade de neve para limpá-lo.

Por volta de fevereiro, a neve em Salt Lake é tão suja e cinzenta quanto a parte inferior de um automóvel, e, com muita frequência, o ar também. O vale de Salt Lake é rodeado pelas Montanhas Rochosas ao leste e pelas Montanhas Oquirrh ao oeste, por isso, quando uma frente fria de baixa pressão avança, a poluição fica represada ali até que uma grande tempestade a leve.

— Fico pensando se estou apanhando alguma coisa, como a Charlotte. Ontem me levantei cedo para malhar, mas não tinha energia. Acabei voltando para a cama.

— É provável que não esteja dormindo o suficiente. A que horas chegou esta madrugada?

— Por volta das três.

— Eu realmente gostaria que você não dirigisse tão tarde. Não é seguro.

Coloquei o prato de canja, com uma grossa fatia de pão quente, na frente de Marc.

— Quer manteiga para o pão?

— Sim. E mel, por favor.

Peguei o prato de manteiga e o pote de plástico com o mel e os dispus sobre a mesa, perto de Marc; depois me sentei ao seu lado, meus cotovelos sobre a mesa, e as bochechas apoiadas nas mãos.

— Se Charlotte estiver doente amanhã, posso deixá-la em casa com você?

— Pela manhã eu não posso. Temos uma reunião de vendas às nove, e depois encontrarei Dean para tentar impedi-lo de restringir meu território.

— E à tarde?

— Dou um jeito.

Colocou um pouco de mel sobre o pão com manteiga.

— Você acha que ela ainda estará doente?

— Provavelmente não. Mas só por precaução.

Mordeu um pedaço do pão, e acompanhou-o com uma colherada de canja.

— Como está a canja? — perguntei.

— Você faz a melhor canja de galinha que eu conheço. Quase vale a pena ficar doente por ela.

Sorri com o elogio.

— Obrigada.

— E como vão as coisas para as funcionárias de lavanderia?

— Na mesma.

— A Rox já foi contratada?

— Ainda não. Mas, em algum momento, irão acertar as coisas com ela.

— Sabe, todas essas viagens não ficam mais fáceis com o tempo — disse ele. — É solitário ficar na estrada. Eu realmente senti sua falta nesse período.

— Eu também. Odeio a vida de esposa de um caixeiro-viajante.

— Isso soa como uma música *country* — ele disse. — Ou uma peça de Arthur Miller.

— Espero que não. A peça, ao menos.

Sorriu e sorveu outra porção de canja.

— Eu também. A peça.

CAPÍTULO
Dois

Basta a cada dia o seu mal.
Costumava imaginar o que isso significa.
Espero que ainda imagine.

✦ Diário de Beth Cardall ✦

Na manhã seguinte, Marc acordou, deu-me um beijo no rosto, levantou-se da cama e partiu. Uma hora depois, vesti meu roupão e fui ver como Charlotte estava. Ainda dormia. Abri um pouco as persianas, e sentei-me na cama, ao seu lado.

— Charlotte — chamei.

Ela gemeu e virou para o lado. Colocou a mão na cabeça e começou a chorar.

— Ainda está doendo? — perguntei.

— Minha cabeça está doendo — respondeu. Coloquei a mão em sua testa, mas não estava quente.

— Como está a sua barriga?

— Também dói.

Esfreguei suas costas.

— Está melhor ou pior do que ontem?

— Está mais ruim — ela respondeu.

Inclinei-me e beijei sua cabeça.

— Volte a dormir, está bem?

Puxei a coberta até seu pescoço, fechei as persianas, e em seguida me arrumei. Liguei para o nosso pediatra, o doutor Benton, e marquei uma consulta para as onze e quarenta e cinco da manhã. Em seguida, liguei para Roxanne.

— Ai, menina, não posso ir esta manhã. Charlotte ainda está muito doente.

Roxanne resmungou.

— Você sabe, essa gripe chata está se espalhando por aí. Ontem a Jan não foi à escola por conta disso.

— Não acho que seja uma gripe. Ela não está com febre. Eu a levarei ao médico esta manhã.

— Depois me conte o que ele disse. Perguntarei a Teresa se ela pode vir mais cedo.

— Obrigada. Marc diz que estará em casa esta tarde, então, se quiser, posso ir por volta das duas e trabalhar no turno da noite.

— Assim é melhor. Tenho certeza de que a Teresa vai adorar trocar de turno. Ela é jovem, e ainda tem uma vida noturna.

✦

Às dez e meia, levei Charlotte até a cozinha e fiz um café da manhã para ela — mingau de aveia com açúcar mascavo. Ela não queria comer, então a deitei no sofá, de onde podia assistir ao *Vila Sésamo* enquanto eu me aprontava. Pouco antes do meio-dia, levei-a ao pediatra, o doutor Dave Benton. Consultávamos o dr. Benton desde que Charlotte tinha apenas seis semanas e sofria de muitas cólicas, por isso, tínhamos uma boa relação médico-paciente.

A clínica estava cheia. Quando o tempo muda no vale, há sempre muita gente doente, e a sala de espera fica tão abarrotada quanto uma loja de departamentos em liquidação. Esperamos mais de uma hora para falar com o médico, e ele se desculpou.

— Sinto muito, Beth — disse, ele próprio um pouco abatido. — Isto aqui está parecendo a Estação Central. Parece que metade do vale está doente, e a outra metade está com tosse. E então, o que acontece com a nossa princesa?

— Ontem, ela voltou mais cedo da escola, com dores de cabeça e de estômago. Vomitou três vezes.

Ele sorriu para Charlotte quando se aproximou para apalpar seu pescoço.

— Bem, vejamos se descobrimos o que está acontecendo.

— Meu pai diz que é porque eu como muita banana — falou Charlotte. — Ele disse que eu sou uma macaquinha.

Ele sorriu.

— Você tem menos pelos que a maioria dos macaquinhos que eu já vi, mas vou levar isso em consideração. Charlotte, você pode tirar os óculos, para que eu possa examinar seus olhos?

Charlotte retirou os óculos de aros cor-de-rosa e abriu bem os olhos enquanto o médico apontava uma lanterna para um deles e, em seguida, para o outro. Depois, ele executou os procedimentos habituais.

— Bem — disse, esfregando o queixo. — Sem tosse, sem sudorese e sem febre. Não sei o que lhe dizer, Beth. Ela perdeu um quilo desde sua última visita, e seu rosto parece um pouco inchado, como se estivesse com retenção de líquido. Mas, fora isso e o mal-estar, tudo parece estar bem.

Voltou-se para Charlotte.

— Sua cabeça ainda dói? Ela confirmou com a cabeça.

O doutor Benton voltou-se para mim.

— Ela está com alguma alergia?

— Não que eu tenha percebido.

— Pode ser um pequeno vírus. Por enquanto, eu daria a ela um Tylenol infantil para a dor de cabeça, e a manteria em casa. Se Charlotte não melhorar em alguns dias, você talvez tenha de levá-la ao Centro Médico Infantil para realizar alguns exames.

Não estava gostando daquilo.

— Está bem. Obrigada.

— Gostaria de ter mais a dizer.

— Talvez não seja nada.

Baixei os olhos para Charlotte. Ela parecia exausta.

— Vamos embora, querida?

— Vamos.

Segurei-a em meus braços.

— Obrigada mais uma vez, doutor.

— De nada. Mande notícias sobre Charlotte.

Enquanto voltava para casa, um pavor súbito me invadiu. Não sou hipocondríaca — comigo ou com minha família —, mas algo estava errado. Eu sabia.

Às vezes uma mãe percebe essas coisas. Buzinei enquanto manobrava para dentro da garagem. Marc apareceu na porta e ajudou a carregar Charlotte para dentro de casa. Ela se agarrou a ele, enfiando a cabeça em seu pescoço.

— O que o médico falou? — perguntou.

— Ele não sabe o que há de errado. Disse que se ela ainda estiver doente daqui a alguns dias, devemos levá-la ao hospital para fazer uns exames.

— Ao hospital?

— Apenas para uns exames. Mas vamos esperar até sábado.

— Sábado é Dia dos Namorados — Marc falou.

Olhei-o sem entender. Em sete anos de casamento, jamais fizemos alguma coisa no Dia dos Namorados. Francamente, Marc era tão romântico quanto um par de tênis, e considerava o Dia dos Namorados "uma conspiração de floricultores e fabricantes de doces para engordar as próprias carteiras".

— Eu fiz reservas para o jantar no Five Alls.

— Como conseguiu reserva para o Dia dos Namorados?

— Eu agendei três meses atrás.

O Five Alls era meu restaurante favorito. Foi lá também que Marc e eu ficamos noivos.

— Devo cancelar a reserva?

Esfreguei as costas de Charlotte.

— Vamos esperar para ver como ela estará. Quando você vai viajar novamente?

— Preciso estar em Scottsdale na próxima terça-feira. Haverá uma conferência médica no Phoenician. Quer vir?

— Tenho uma doente de seis anos e um emprego. Em que mundo fictício isso seria possível?

Ele abriu um sorriso.

— Eu sei, mas não custa nada perguntar. Você está saindo agora para o trabalho?

— Estou. Faltei dias demais. Espero que Arthur não resolva me despedir.

— Ele não consegue viver sem você.

— É, até parece. Ele não consegue nem soletrar o meu nome direito. Na metade das vezes, ele me chama de Betty. É melhor eu ir. Até mais.

Dei um beijo em Marc e outro em Charlotte.

— Até mais, querida.

— Tchau, mamãe.

Quando eu já estava na varanda, Marc disse:

— Ah, você se importa de levar a minha roupa suja e lavar a seco? Está tudo no banco de trás do meu carro. Ele está destrancado.

— Claro.

— E diga ao Phil que ele engomou tanto minhas camisas da última vez que dava para fatiar um pão com as mangas.

— Phil não passa as camisas — respondi. — Direi às meninas para não exagerarem. Até a noite.

— Vou pedir uma pizza. Podemos ter uma noite tranquila em casa.

— Não acho que o estômago de Charlotte vai aguentar uma pizza.

— Eu quero pizza — ela disse.

Balancei a cabeça.

— É claro que sim.

— Desculpe — disse Marc. — Até mais.

Marc carregou Charlotte para dentro. Apanhei sua roupa suja, coloquei no banco traseiro de meu carro, e dirigi até o trabalho.

A Prompt Dry Cleaners ficava em um edifício quadrado e amarelo, protegido por um muro de blocos de concreto, na Highland Drive, em Holladay, perto de uma sorveteria Baskin-Robbins. Era um pequeno negócio familiar, estabelecido em 1944 pela família Huish, mas o único Huish que ainda trabalhava ali — e aqui eu uso a palavra "trabalhar" de maneira imprecisa — era Arthur, o gerente-geral, que parecia ter oitenta ou noventa anos e raramente chegava perto das máquinas de lavar porque, em suas palavras, o cheiro dos químicos "coagulava" a sua sinusite.

Ao todo, havia seis empregados — os servos, que era como nos chamávamos — eu, Roxanne, Teresa, Jillyn, Emily e Phil, o único homem, que operava a máquina de lavagem a seco. Nossas funções, com exceção de Phil, eram intercambiáveis, embora eu costumasse trabalhar na máquina de passar, nos fundos, o que me dava um pouco mais de flexibilidade nos horários.

Roxanne assumia a gerência quando Arthur não estava por ali, o que ocorria quase sempre, e por isso eu a considerava minha chefe. Ela estava trabalhando no balcão quando entrei, meus braços carregados com a roupa de Marc.

— Você é nova aqui, não é? — ela perguntou, sarcástica. — Posso ajudá-la?

— Não tenho jeito — falei.

— Nisso você está certa, querida. Como está Char?

— Doente, ainda. Marc está com ela. — Coloquei a roupa sobre o balcão.

— Obrigada por me cobrir.

— *No hay problema.*

Preenchi um formulário da lavanderia e, como era de costume, comecei a vasculhar os bolsos das roupas de Marc, procurando canetas e torcendo secretamente para achar algum dinheiro.

— Pode deixar — disse Roxanne. — Estamos um pouco atrasadas com a passagem das roupas, se não se importa.

— *No hay problema* — respondi. — Já vou.

E segui até os fundos, para a máquina de passar.

Os fundos das lavanderias eram tão austeros quanto os de um lava-rápido — sem janelas, com paredes de blocos pintados — e igualmente barulhentos; uma sinfonia de vapor e golpes pneumáticos, em uma floresta de canos e trilhos. (Se fechasse os olhos, o ruído das máquinas de passar lembraria o de um passeio no parque de diversões.) Sempre mantínhamos um ventilador ligado, mesmo durante o inverno, porque o cheiro do percloroetileno, o fluído de limpeza utilizado na máquina de lavagem a seco, impregnava o ambiente.

Levou algumas semanas para que eu me acostumasse com isso, mas, depois de algum tempo, comecei a gostar.

Phil tinha um rádio antigo que, como de costume, gritava uma música *country*. (Brincávamos com ele que seu rádio era tão velho que só tocava música dos anos 1950.) A prensa de passar que eu costumava operar ficava perto da máquina de lavagem a seco onde Phil trabalhava. Ele abaixou o volume e acenou para mim.

— Como vai, Beth?

— Bem. E você, Phil?

— Não posso me queixar. Bem, até poderia, mas não adiantaria muito, não é? — ele riu.

Sorri.

— Provavelmente não.

Eu gostava de Phil. Era um homem de meia-idade, careca e de fala mansa, e veterano do Vietnã. No primeiro dia de trabalho, Roxanne me contou que ele fora um prisioneiro nos últimos cinco meses da guerra, antes que Nixon negociasse a libertação.

Trabalhava duro e era simpático, mas costumava ficar na dele. Imaginava como ele seria antes da guerra. Sempre fora gentil comigo, e sempre dava um pirulito para Charlotte quando eu a trazia comigo. Todas as manhãs me cumprimentava do mesmo modo, e ria com a mesma intensidade desde a primeira vez. Sentiria falta disso se ele fizesse diferente.

— Tenha um bom dia — ele disse, desaparecendo atrás do labirinto das roupas.

— Você também, Phil — despedi-me.

Em minha estação de trabalho, havia três prateleiras cheias de paletós e calças para serem passados. Aproximei uma das prateleiras da prensa e comecei a passar, quando Roxanne se aproximou de mim. Caminhava rapidamente, balançando a cabeça.

— Querida, má notícia — disse, quando estava perto –, má notícia.

Olhei-a, intrigada.

— Que má notícia?

— Achei isso no bolso do terno de Marc.

E me estendeu um pedaço de papel — um bilhete manuscrito. A caligrafia era graciosa e feminina.

Ei, Gostosão.

Senti sua falta enquanto você esteve fora. Utah é fria sem você. Brrrr! Você precisa me esquentar! Obrigada pelo presente de Dia dos Namorados, sabe, nós mulheres somos como pássaros, simplesmente adoramos coisas reluzentes. Mal posso esperar para agradecer de maneira apropriada na ensolarada Scottsdale. Levarei algo justo para vestir, só para você.

De coração,
Ash

Havia um beijo de batom vermelho na parte inferior do bilhete.

Meu coração, meus pulmões, o mundo inteiro congelou. E então comecei a tremer.

— Ele está me traindo.

— Sinto muito — Roxanne falou, empalidecendo. — Talvez seja... — E parou. Não havia outra explicação.

— Ele vai para Scottsdale na terça-feira. — Ergui o olhar vazio para ela. — Nós somos tão felizes. Por que ele... — Meus olhos se encheram de lágrimas.

— Querida — ela disse e me abraçou. — Aquele cafajeste estúpido e desmiolado. Tem uma coisa linda como você em casa, e vai atrás de migalhas por aí.

Minha mente girava, e senti a cabeça pender, como se fosse desmaiar.

— Sente-se — disse Roxanne, então empurrou uma cadeira em minha direção. — Respire. Pronto, respire, querida.

Sentei-me no momento em que tudo girava à minha volta. Depois de um tempo, não sei quanto, disse:

— Preciso ir. Desculpe. Preciso ir.

— Querida, tenha cuidado. Deixa eu levar você.

— Eu preciso ir, só isso. — Levantei-me e caminhei até o carro. Roxanne me seguiu.

— Querida, não faça nenhuma besteira. O que vai fazer? Diga o que vai fazer.

— Vou conversar com meu marido.

O caminho para casa foi um borrão. Aquele bilhete estúpido jazia aberto no banco ao meu lado. Sempre que olhava para ele, a marca de batom parecia saltar do papel, impetuoso como um tapa. Sentia-me tão humilhada. Tão pequena. Tão burra.

Quando um semáforo fechou, desabei completamente, soluçando, até que o carro atrás de mim deu uma buzinada.

Cinco minutos depois, estacionei na garagem. Tremendo, entrei em casa. Talvez essas coisas precisem ser ensaiadas, não fazia ideia do que iria dizer. Marc estava sentado no sofá ao lado de Charlotte, lendo um livro para ela. Ele ergueu os olhos para mim quando entrei na sala.

— Ei, você chegou cedo — disse, sorrindo. Sua expressão se alterou quando viu meu rosto coberto de lágrimas. — Qual é o problema?

— Quem é ela?

— O que...?

Mostrei o bilhete.

— Quem é *ela*?

Ele parecia chocado, como um daqueles sujeitos em um episódio de uma câmera escondida, flagrado em frente às câmeras. Olhou Charlotte de esguelha, olhou-me de novo e se levantou.

— Venha — disse. — Charlotte não precisa ouvir isso.

— Onde você está indo, papai? — perguntou ela.

— Papai e mamãe precisam conversar — respondeu.

Segui-o até nosso quarto. Eu estava tremendo, com todos os meus sentimentos fluindo dentro de mim.

— Quem é ela?

Suspirou profundamente.

— Ela trabalha em Ogden. É uma gerente de abastecimento do St. Jude...

— O currículo dela não me interessa! Quem é ela? — gritei.

Ele coçou a nuca.

— É uma mulher que conheci há algum tempo. Estamos... nos vendo.

— Quanto tempo faz que está dormindo com ela?

— Não tenho certeza. Seis meses, talvez.

— Você não tem certeza. — Tentei manter a compostura. — Por quê? Por que faria isso?

Continuou parado, sem dizer nada.

— Você tem que ir embora. Você tem de sair desta casa.

— Beth. — Aproximou-se de mim. — Querida...

— Não me toque. Não me chame de querida. Não diga o meu nome. Você tem de ir embora.

— Ela não significa nada para mim.

Comecei a chorar mais uma vez.

— Bem, ela significa muito para mim.

Nesse momento, a porta do quarto se abriu.

— Papai?

— Agora não, Charlotte — eu disse.

— ... eu vomitei.

— Saia daqui — eu disse a Marc.

— Por favor, Beth. — E mais uma vez deu um passo em minha direção com os braços estendidos.

— Não me toque! — gritei. — Como pôde fazer isso comigo?

Charlotte começou a chorar.

— Pare de gritar com o papai!

— Charlotte — falou Marc. — Já estou indo. Volte para a sala e assista à TV.

Charlotte se afastou alguns passos da porta e, em seguida, se deteve, assustada, mas muito hesitante para sair.

Cobri meus olhos com a mão. Eu queria morrer. De todo o coração, eu queria morrer. Quando voltei a abrir os olhos, falei:

— Pensei que tínhamos um bom casamento. — Minha voz falhou. — Pensei que me amava.

— Beth, eu te amo. Não é...

Olhei para ele.

— Não é o quê?

— Não é tão ruim quanto você imagina.

Fitei-o totalmente espantada.

— Como poderia ser pior?

— Ela é apenas uma amiga.

— É isso que você faz com seus amigos?

— Por favor, não piore as coisas. Eu ia contar para você. Estou tentando terminar.

— Você tem que ir. Vá para a sua namorada, a sua... Ash, ou seja lá qual for o nome idiota dela.

— Eu não a amo, Beth. Eu amo *você*.

Dei um tapa nele.

— Como ousa dizer isso! Como ousa? — E recomecei a soluçar.

— Papai! — disse Charlotte. — Não bata no papai!

— Charlotte — disse Marc. — Vá para o seu quarto agora!

Minhas pernas fraquejaram, como se fossem sucumbir.

— Vá embora, por favor — implorei. — Por favor, apenas saia daqui.

Ele expirou profundamente.

— Está bem. — Deu alguns passos em direção à porta e, em seguida, se virou. — Não é culpa sua — disse.

— Como você tem coragem de dizer uma coisa dessas?

— Porque eu conheço você. Sei que irá se culpar mais tarde. Mas não faça isso. — Saiu do quarto, mas permaneceu em meu campo de visão.

— Venha, Char-Char — disse. — Papai terá de viajar de novo.

— Não quero que você vá embora — ela disse, com a voz débil. — Por favor, não vá embora.

— Desculpe, querida, eu preciso. Eu ligo. Prometo.

Ela agarrou as pernas de Marc e começou a chorar.

— É por que a mamãe bateu em você?

Ele se agachou, e a abraçou.

— Eu preciso ir. E mamãe não fez nada de ruim. Papai foi mau. E mamãe estará aqui com você. Ela vai cuidar de você.

Eu não sabia se Marc estava falando com Charlotte ou comigo. Ele beijou sua cabeça.

— Voltarei o mais cedo que puder.

Não sei bem o porquê, mas ele se voltou para mim. Virei o rosto. Marc a beijou novamente, e se levantou.

— Seja corajosa, agora. Vá para a sua mãe.

Ela enxugou as lágrimas.

— Está bem.

Marc se afastou. Charlotte entrou no quarto, enlaçou os braços ao redor de minhas pernas. Eu sabia que precisava ser forte, por Charlotte, mas fracassei enormemente. Irrompi em lágrimas assim que ouvi a porta da frente se fechar. Não pude evitar. Era como se o chão se abrisse sob os meus pés e eu caísse de joelhos e chorasse. Continuava perguntando a mim mesma: *Como ele pôde fazer isso conosco?* Eu o amava. Eu o teria amado para sempre. Teria ficado com ele para sempre. Nosso romance de conto de fadas se esfacelara. *Ash* ("cinzas") era um nome apropriado para a outra mulher.

CAPÍTULO
Três

*A vida é um castelo de cartas,
equilibrado sobre uma gangorra,
precariamente assentada sobre uma montanha-russa.
A única coisa que deveria nos surpreender
em nossas surpresas é o fato de nos
surpreendermos com elas.*

Diário de Beth Cardall

Roxanne ligou várias vezes naquela tarde, mas não consegui me recompor para atender o telefone, de modo que ela foi pessoalmente à minha casa por volta das sete. Entrou pela porta destrancada, e caminhou diretamente para meu quarto. Charlotte estava na sala, vendo televisão. Eu estava deitada em minha cama, com um abajur aceso. Tenho certeza de que meu rosto estava inchado como uma bola.

— Oh, querida — ela disse quando me viu. Sentou-se ao meu lado na cama, as pernas pendendo para fora. — Você está bem?

— Eu o mandei embora — falei com a voz rouca.

— É claro que mandou.

— Charlotte ficou tão chateada.

— Você fez a coisa certa.

— Charlotte ainda está doente.

Roxanne balançou a cabeça.

— Querida, depois da tempestade vem a bonança. É por isso que você tem a mim. Neste momento, sou seu guarda-chuva e suas galochas.

Ela passou a mão pelo meu rosto com delicadeza.

— Eu liguei para Ray e disse que não dormiria em casa esta noite. O que você jantou?

— Não tenho fome. Mas a Charlotte...

— Não se preocupe. Vou fazer um queijo grelhado para Charlotte, ela adora. Depois darei um banho nela e a deixarei pronta para dormir. Descanse. — E levantou-se da cama.

— Rox.

— Sim, querida.

— Obrigada.

— O que estiver ao meu alcance, querida. Farei o que estiver ao meu alcance.

CAPÍTULO
Quatro

*Ainda não sabemos o que há de errado com Charlotte.
Gostaria de chorar uma piscina inteira,
mas eu provavelmente me afogaria nela.*

✦ Diário de Beth Cardall ✦

Roxanne ficou até a meia-noite, talvez até mais tarde, não sei. Ainda estava lá quando adormeci. Charlotte dormiu na cama comigo. A manhã seguinte parecia negra, mesmo que o céu finalmente estivesse azul. Senti como se tivesse despertado com um saco de concreto sobre o peito.

Era Dia dos Namorados, o que parecia uma piada cósmica e cruel. Não podia imaginar ironia maior. Rolei para um lado e abracei Charlotte. Ela acordou uma hora depois. Podia ver em seu rosto que ela ainda se sentia doente.

Roxanne apareceu para dar banho em Charlotte e perguntou sobre uma erupção que encontrou em suas pernas. Aquilo era novo. Curiosamente, isso me deu esperanças.

Talvez fosse uma pista para o que estava acontecendo.

— Eu quero o papai — Charlotte falou.

— Eu sei. — Meus olhos se encheram de lágrimas. — Mas, nesse dia, você quer ser minha namorada?

— E do papai.

Esfreguei sua bochecha.

— Ainda se sente mal?

— Sim. — Suspirei.

— Acho que visitaremos alguns médicos hoje.

Meia hora depois, obriguei-me a sair da cama. Não tinha fome, mas não comera desde o almoço do dia anterior e me sentia fraca, por isso fiz um café com torradas para mim e, em seguida, me aprontei. Enquanto me maquiava, comecei a chorar de novo. Sentia que poderia chorar uma piscina inteira. Mas me sentia mais forte que na noite anterior, e me contive. Não podia me dar ao luxo de me entregar. Charlotte precisava de mim.

Terminei de me maquiar, tentando ao máximo disfarçar meus olhos inchados, e em seguida fui para o meu quarto, para constatar que Charlotte adormecera novamente. Despertei-a, vesti-a e a carreguei para a cozinha, preparando uma torrada com canela para o seu café da manhã. Ela não queria comer, mas eu insisti. Na minha opinião, ela já perdera peso demais para que a deixasse pular refeições. Depois, levei-a ao Centro Médico Infantil. Sentamo-nos na sala de espera por mais de uma hora antes que uma enfermeira nos levasse a uma sala de exames.

— Faz quanto tempo que... — procurou o nome na ficha — Charlotte está doente?

— Desde quinta-feira. Mas acho que ela tem perdido peso nas últimas semanas.

— Esta é a primeira vez que você consulta alguém sobre isso?

— Não, tivemos uma consulta com o pediatra dela há dois dias. Ele me disse para vir aqui caso Charlotte não melhorasse.

— Você pode me descrever os sintomas?

— Ela tem sentido irritação intestinal, com vômitos, diarreia e dores de estômago, além de dores de cabeça. Também reparei que ela parece estar sempre cansada. E está perdendo peso.

— Ela teve febre?

— Não.

— E essa erupção na pele?

Charlotte vestia shorts e manchas vermelhas inchadas cobriam suas coxas e joelhos.

— Reparamos nisso na noite passada. Você acha que estão relacionadas?

— Não necessariamente. Podem ser provocadas pelo tempo. Vemos um monte de eczemas durante os meses de inverno, porque a pele fica muito seca. Não sei se a enfermeira notou meu desapontamento, mas acrescentou:

— ... Certamente levaremos isso em consideração. Quais são os hábitos alimentares de Charlotte?

— Como assim?

— Ela se alimenta bem ou é enjoada para comer?

— Ultimamente, não tem comido muito.

Voltou-se para Charlotte e tocou-a no braço.

— Faremos alguns exames para descobrir o que você tem, e para que fique melhor. Tudo bem?

— Ahã. — Charlotte assentiu com a cabeça.

Chorou quando a enfermeira espetou uma agulha em seu braço para tirar uma amostra de sangue. Também coletaram uma amostra de fezes e rasparam sua garganta. Em seguida, aguardamos no hospital pelo resultado.

Duas horas mais tarde, um jovem médico veio nos ver.

— Senhora Cardall?

— Sim.

— Sou o doutor Reese, prazer em conhecê-la. O que sabemos até agora é o seguinte. O exame de sangue de Charlotte revela que ela tem anemia e deficiência de ferro. Isso pode explicar a fadiga, fraqueza, palidez e dores de cabeça. Agora, a questão é: por que ela está anêmica? Você disse à enfermeira que sua filha tem comido pouco ultimamente. Por isso, no caso de Charlotte, imaginamos que se trata de uma questão alimentar. Crianças exigentes na alimentação podem se tornar carentes de certos nutrientes. Eu gostaria de lhe prescrever alguns suplementos, além de uma dieta rica em ferro. Você precisa garantir que ela coma um bocado de produtos derivados de leite, além de ovos e carne.

Assenti, grata pelo diagnóstico e aberta a qualquer conselho. O médico prosseguiu.

— Contudo, a anemia é apenas uma peça do quebra-cabeça, e não dá conta de todos os problemas gastrointestinais. Faremos uma reunião diagnóstica pela manhã, por isso, gostaríamos que ela passasse a noite aqui, para a monitorarmos.

— Passar a noite? — Não que eu não estivesse disposta a deixá-la ficar, só não queria que o que ela tivesse fosse tão ruim.

— A escolha é sua, mas achamos que seria melhor.

De fato, nada havia a fazer senão me submeter. Liguei para Roxanne do hospital para que soubesse onde eu estava. Ela me contou que Marc ligara para a lavanderia duas vezes procurando por mim, e querendo saber de Charlotte. Deixara o número de telefone do hotel onde estava hospedado.

Para falar a verdade, uma parte de mim estava feliz de vê-lo sofrer também.

Mais tarde naquela noite, telefonei para ele. Marc ficou nitidamente surpreso por eu ter ligado.

— Beth, eu...

Eu o interrompi.

— Não liguei por mim. Estamos no Centro Médico Infantil, e Charlotte está perguntando por você.

— Eles descobriram qual é o problema?

— Não definitivamente. Ela está muito anêmica, mas não sabem ao certo o porquê. Ela passará a noite aqui para ser monitorada.

— Sinto muito que esteja passando sozinha por isso — disse Marc. — Se quiser, posso ficar com ela e você poderá ir para casa.

— Não é preciso — abreviei. — Fale com sua filha. — Entreguei o telefone a Charlotte.

— Papai!

Observei seu primeiro sorriso do dia, e isso me deixou com raiva. Era eu que estava ao seu lado, preocupando-me com ela. Sentia que estava tendo todo o trabalho, enquanto ele recebia os créditos. Temia que Charlotte me culpasse por ele não estar ali. Era tão injusto. *Eu não era a vilã nessa história. Não fui eu que traí.* Então, por que me punia também? Por que me sentia culpada por mantê-lo afastado? Eles conversaram por mais cinco minutos antes de eu tomar novamente o telefone.

— Onde fica o hotel? — perguntei.

— É o Jolly Midas, na rua 72.

— Você está com *ela*?

— Ela? — Ficou em silêncio por um instante. — É claro que não. Disse a ela que amo você, e que eu nunca mais queria vê-la.

— Você quer um prêmio por isso?

— Beth, cometi um grande erro. Não há desculpas para o que fiz. Mas, acima de tudo, sinto muito por ter magoado você. Sei que são apenas palavras, mas falo sério. Não há ninguém no mundo que importe para mim mais do que você.

— Com exceção de você mesmo — eu disse.

— É, bem, há uns dois dias eu poderia ter concordado com você. Mas sei que isso não é verdade. Porque, neste momento, estou me punindo mais do que você. Você é a única mulher que amei. Eu tive o que merecia.

Permaneci sentada e escutando, meus olhos se enchiam de lágrimas.

— Preciso ir — eu disse.

— Diga-me quando eu puder ajudar. Qualquer coisa. Você não precisa me perdoar para deixar que eu a ajude.

— Pensarei nisso — eu disse, e desliguei o telefone antes que ele pudesse responder.

Enxuguei os olhos. Charlotte olhava para mim.

— Por que você está chorando? Você sente saudade do papai?

Olhei-a por um momento.

— Acho que sim.

Ela segurou minha mão.

— Tudo bem, mamãe. Ele sempre volta para casa.

✦

Tudo em minha vida parecia prestes a desabar — um labirinto negro e complexo no qual eu não apenas não sabia me orientar, como desconhecia aonde iria levar. Naquela noite, dormi em uma cadeira, ao lado do leito de minha filha. Suponho que, em alguma medida, minha preocupação com Charlotte tenha ajudado a me manter em sã consciência, já que assim ficava mais fácil esquecer a minha dor, focando-me na dela.

Na manhã seguinte, por volta das onze horas, o doutor Reese entrou no quarto. Charlotte estava dormindo, e eu estava sentada em uma cadeira ao lado de sua cama, lendo um exemplar de *Good Housekeeping*. O médico pediu para que saíssemos do quarto para conversar.

— Senhora Cardall, esta manhã nos reunimos com uma equipe diagnóstica e analisamos todos os resultados dos exames. A conclusão é que não sabemos ao certo o que há de errado com Charlotte. Não acreditamos que seja causado por parasitas, e descartamos uma giardíase. O que sabemos é que o índice de ferro está baixo, seu desenvolvimento parece ter sido interrompido, e ela continua a perder peso.

Minha esperança desapareceu.

— O que fazemos, então?

— Há uma possibilidade de que ela esteja tendo algum distúrbio na vesícula biliar, mas antes que a mandemos para o gastroenterologista, e que a façamos passar por mais exames, eu gostaria de começar a tratá-la da carência de ferro, e ver se podemos descartar algumas hipóteses. Enquanto isso, vou prescrever um suplemento de ferro e recomendar a ingestão de muito líquido para mantê-la hidratada. Também aconselhamos que você a alimente com mais carne vermelha. O ferro natural irá ajudar.

— E se ela não melhorar?

Ele esfregou a nuca.

— Então volte a nos consultar em duas semanas.

Ajudei Charlotte a se vestir e desci com ela. Na saída, parei no setor de cobrança do hospital para acertar o pagamento. Quase zerei a minha conta-corrente, apenas com o pagamento da franquia. Então levei Charlotte para o carro. Liguei para Roxanne assim que cheguei em casa.

— Quais são as notícias? — perguntou.

— Estou mil dólares mais pobre e Charlotte tem uma carência de ferro, mas não sabemos a causa. Por que ninguém consegue descobrir o que está acontecendo?

— Esses médicos — disse, com raiva. — Não vou nem começar. Eles prescreveram remédios de artrite para Ray durante seis meses, antes de descobrirem que tudo que ele tinha era gota. Então, o que você precisa fazer?

— Dar mais ferro para ela.

— E a escola?

— Vou deixá-la em casa por alguns dias, e então tentarei mais uma vez.

— E o trabalho? — Havia tensão em sua voz.

— Preciso ficar com Charlotte. O que está havendo?

— Arthur sugeriu que começássemos a procurar uma substituta.

— Não posso perder meu emprego.

— Eu sei. Disse a ele que, se está pensando em substituir você, terá que me substituir também.

— Você não deveria ter dito isso.

— Sim, eu deveria. O velho não pode nos intimidar. Além disso, você acha que eu quero passar meus dias escutando as incursões de Teresa no Mundo Masculino? Prefiro enfiar agulhas de crochê nas orelhas.

— Não posso deixar que perca seu emprego. E não posso me dar ao luxo de perder o meu. O que faço?

— O Marc não pode ajudar? — perguntou.

— Ele se ofereceu.

— Você deveria deixar que ele ajude.

— Só não sei se consigo olhar para ele — resmunguei.

— Bem, você não precisa permitir que ele volte para casa. Isso tem a ver com Charlotte, não com você.

Expirei lentamente.

— Talvez você tenha razão. Preciso pensar nisso. Obrigada pelo apoio.

— Esse é o meu trabalho, querida.

CAPÍTULO

Cinco

Por que adiamos as mudanças que nos trarão felicidade? É como finalmente reformar a casa uma semana antes de vendê-la.

✦. Diário de Beth Cardall .✦

Naquela noite, Marc ligou por volta das sete horas para falar com Charlotte.

Pela primeira vez desde que o mandara embora, eu fiquei contente por ouvir sua voz. Falando francamente, sentia mais do que a mera exaustão por ter enfrentado tudo aquilo sozinha. Sentia falta de nossa família. E, por mais profunda que tenha sido a minha ferida, eu sentia falta *dele*. Mas eu não estava pronta para dizer isso a ele.

— Oi, Beth — Marc disse. — Como você está?

— Fale com a Charlotte — eu disse, entregando a ela o telefone. Como de costume, Charlotte ficou feliz de ouvir a voz do pai, e em poucos minutos ela estava rindo. Enquanto a observava, sabia quanto ela precisava de Marc.

Depois de conversarem um pouco, falei para Charlotte se despedir e me devolver o telefone. Eu o coloquei de volta na orelha.

— Marc, preciso falar com você.

— Está bem — disse —, estou ouvindo.

— Preciso falar no quarto. Ligue-me de volta em dois minutos.

— Tudo bem.

Desliguei, dei um beijo de boa noite em Charlotte, e fui para o meu quarto. O telefone tocou quando eu entrei. Atendi-o e me sentei na cama.

— Alô.

— É o Marc.

— Escute, não quero que interprete isso errado. Estou tão furiosa e ferida quanto há alguns dias. Talvez mais, até. Mas este não é o momento de pensar em nós. Nossa garotinha está doente, e precisa de você. E preciso de sua ajuda. Não posso fazer isso sozinha. Faltei tanto ao trabalho recentemente, que posso perder meu emprego.

— Você quer que eu volte para casa? — perguntou.

— Eu não *quero*. Mas imagino que, com as coisas do jeito em que estão, seria melhor para Charlotte.

Ficou em silêncio por um momento.

— Quando posso voltar?

— Amanhã à tarde. Assim, poderei trabalhar no segundo turno.

— Chegarei na hora do almoço.

— Quero que fique bem claro, Marc. Você não pode tocar em mim, e não vai dormir na minha cama. Você pode dormir no sofá da sala. Entendido?

— É pela Charlotte — disse ele. — Sem contato.

— É pela Charlotte — repeti.

— Entendido.

Ficamos em silêncio por um tempo, então ele disse:

— Vai ser bom ver você.

— A gente se vê amanhã.

— Tchau — falou.

Quando desliguei, meus olhos estavam cheios de lágrimas. Por trás da camada de raiva, eu era mole. Parte de mim, uma parte minha que eu desprezava naquele momento, queria se aninhar em seus braços e chorar. Eu odiava ser tão dependente. Eu odiava querer me curar com o homem que me infligira a dor.

Na manhã seguinte, Marc chegou ao meio-dia, carregando um pacote do McDonald's. Quando entrou em casa, achei que parecia um pouco mais magro, o que era compreensível, tendo em vista o golpe emocional pelo qual passávamos.

— Trouxe o almoço de Charlotte.

— Eu já fiz um sanduíche para ela, mas obrigada. Quando você viaja de novo?

— Daqui a três semanas.

— Apenas daqui a três semanas?

— Falei para Dean que poderia mudar meu território, como ele queria. Isso irá nos custar algumas comissões, mas não precisarei ficar longe por tanto tempo.

Não podia acreditar nas mudanças que Marc estava fazendo.

— Isso será bom — falei.

— Espere. Tenho algo para você.

— Retirou uma caixa comprida e estreita do bolso e a pousou ao meu lado, sobre a mesa da cozinha.

— É um... — de repente, demonstrou estar constrangido. — Abra, apenas.

Ergui a tampa do estojo. Dentro, havia um belo cordão de pérolas. Eu sempre quis ter pérolas.

— Para que isso? — perguntei.

— É um presente atrasado de Dia dos Namorados.

E então, mais delicadamente, disse:

— É uma *prova do meu amor*.

Fechei o estojo. Em outra ocasião, eu teria gritado de prazer. Teria abraçado Marc, grata por um presente tão fabuloso. Mas as coisas tinham mudado. Eu sabia que aquelas pérolas não eram uma prova de seu amor, eram uma prova do *que havia feito*. Sabia que jamais poderia usar aquele colar — isso só me faria me lembrar *dela*.

— Obrigada — falei, triste. Tirei o estojo da mesa e fui trabalhar.

CAPÍTULO
Seis

*São as nossas ações ou os nossos desejos que nos definem?
É como perguntar se a viagem é feita a cavalo
ou em um carrinho de bebê.*

✦ Diário de Beth Cardall ✦

Roxanne bateu palmas entusiásticas quando entrei pela porta da frente da lavanderia.

— Eu deveria ter feito um bolo — disse.

— Deveria — respondi.

— Então, como estão as coisas? — perguntou, seguindo-me até os fundos.

— Char está um pouco melhor. Acho que ela poderá voltar para a escola em dois dias.

— E como estão as coisas com Marc?

Pensei nas pérolas.

— Não sei. Ele acabou de voltar.

— Mas você conversou com ele.

Ergui os olhos para ela.

— Está com remorso, arrependido, e pisando em ovos comigo. E parte de mim apenas quer estapeá-lo. Por que ele não tem a dignidade de ao menos ser um idiota? Assim eu me sentiria bem por odiá-lo.

— Bem, não se engane, ele é um idiota e merece ser estapeado. Apenas não se entregue.

— O que quer dizer?

— Pura matemática. Se realmente quiser que o casamento termine, então poupe o drama e acabe com tudo de uma vez. Mas não é isso que você quer de verdade.

— Como sabe disso?

— Porque eu a conheço mais do que você conhece a si mesma. Você ainda o ama. Não estaria tão chateada se não fosse isso. Portanto, se não vai terminar o casamento, não o estrague mais do que o necessário. Você pode até bater no carro dele com um taco de beisebol, em um acesso de raiva, mas não vai se livrar desse sentimento, e algum dia terá de pagar por todos os estragos que causar. Isso faz sentido?

Olhei para ela, tentando imaginar de onde tirara tudo aquilo.

— A seu modo torto, sim.

— Sei que soa estranho, mas, de certa forma, você tem sorte. Todo mundo comete erros. Dependendo da ocasião, até você cometeria.

— Eu jamais faria... Ela me interrompeu.

— Nunca diga nunca, querida. Às vezes, pessoas boas fazem coisas ruins. Mas ao menos Marc está disposto a se redimir, e busca perdão. Isso diz algo sobre ele. E ele esteve lá por Charlotte o tempo todo. Não é fácil para seu marido rastejar de volta até a toca do leão para cuidar de sua filha, mas ele está disposto. Ele ganha crédito por isso.

— Você está me dizendo que ele é um bom sujeito?

— Estou dizendo que ele é humano. E errar é humano. Perdoar... bem, é amor.

CAPÍTULO
Sete

Ódio, ressentimento e raiva são parasitas que se alimentam do coração até que não haja nada para nutrir o amor.

✦ Diário de Beth Cardall ✦

Ao longo das semanas seguintes, a saúde de Charlotte permaneceu mais ou menos do mesmo jeito, exceto por ter mais trabalho para fazê-la comer e por ela ainda perder peso.

Ironicamente, Marc não ficava tanto em casa desde que nos casáramos.

Foi como se eu tivesse de me livrar dele para que ele pudesse voltar. Marc parecia diferente em vários sentidos. Passou a fazer o tipo caseiro, como se sua ambição anterior o tivesse extenuado. Começara até mesmo a ir se deitar cedo. Perguntei a ele se estava bem, mas Marc apenas ergueu os ombros.

— É apenas um momento difícil — disse.

Quando as coisas entraram em um ritmo normal, deparei-me considerando o que Roxanne dissera sobre meu casamento. Ela estava certa em um ponto. Eu ainda amava Marc. É por isso que sua traição me ferira tanto.

O perdão requer memória seletiva, e depois de várias semanas, decidi tirar o namorico de Marc do centro da história. Seu pecado pode não ter sido perdoado, mas também não ditava nossa relação. Comecei a enxergar de novo o homem que eu amava.

Cinco semanas depois de ele ter voltado para casa, resolvi fazer uma mudança. Estava sentada na sala de descanso da lavanderia, comendo meu almoço, quando anunciei minha decisão a Roxanne.

— Acho que vou fazer isso — falei.

Roxanne envolveu um burrito congelado em um guardanapo de papel e o colocou no micro-ondas.

— Querida, não faço ideia do que está falando. — Apertou vários botões, e o micro-ondas começou a funcionar.

— Eu vou permitir que Marc volte.

— Você já fez isso, docinho de coco.

— Ao meu quarto.

De repente, ganhei sua atenção total. Sentou-se ao meu lado.

— Verdade?

— Eu estou pronta para dar o próximo passo.

Ela sorriu.

— Então as coisas estão caminhando bem.

— Mais do que bem. Estão melhores do que nunca. Marc tem sido um verdadeiro santo. Acho que a coisa toda foi como um chacoalhão para ele.

— Não será a primeira vez que alguém atravessa o inferno para chegar ao paraíso — ela falou. O *timer* do micro-ondas apitou, Roxanne se levantou, abriu-o e pegou seu burrito, segurando-o pelas pontas do guardanapo.

— Então, quando você fará isso?

— Estava pensando em lhe fazer um bom jantar esta noite. Você acha que Jan poderia vir?

— Ela provavelmente estará livre, e você sabe como ela adora a Char.

— Mas por que não leva Charlotte para dormir lá em casa? Apenas para o caso de uma coisa levar a outra.

✦

Jan estava disponível, e providenciei para que ela buscasse Charlotte na escola e desse um pulo em casa para pegar o pijama e as roupas. Quanto mais pensava naquela noite, mais animada ficava. Não telefonei para Marc — queria que fosse uma surpresa. Saí do trabalho às quatro, passei na mercearia e comprei uma garrafa de vinho tinto, pão integral, aspargos e dois filés. Coloquei os filés para grelhar, arrumei a mesa com pratos de porcelana, talheres de prata e candelabros altos.

Marc havia me dito que voltaria para casa às seis e meia, por isso, dez minutos antes, acendi as velas, coloquei um perfume e esperei por ele na porta da frente. Ele não chegou. Por volta das sete e meia, comecei a achar que algo pudesse ter acontecido. Às oito e meia, meus sentimentos começaram a brotar livremente, e passei a imaginá-lo com outra mulher.

Liguei para o ramal do escritório, que caiu diretamente na mensagem de voz. Esperei por ele até as onze horas, depois apaguei as velas, embrulhei os filés em papel-alumínio, e fui para a cama sem comer. Meus sentimentos oscilavam entre a raiva e a preocupação. *Onde ele estava?*

Ele não apareceu durante a noite. Na manhã seguinte, liguei para seu escritório. Sua secretária, Gloria, passou-me para o chefe de Marc, Dean.

— Estava prestes a ligar — falou Dean. — Ficamos preocupados quando Marc não apareceu hoje. Estava agindo de modo estranho ontem. Saiu do trabalho ao meio-dia para um compromisso, e perdeu uma reunião importante depois. Ninguém o viu ou soube dele desde então. Presumimos que estivesse em casa.

— Não, não o vejo desde a manhã de ontem — falei. — O que quer dizer com estranho?

— Ele ofereceu a outro vendedor suas duas maiores contas.

— Por que ele faria isso?

— Não faz sentido — falou Dean. — Gloria também disse que o ouviu ao telefone pela manhã. Ela achou que ele estava... chorando.

Agradeci e desliguei. Estava assustada. *Será que fui muito severa?*

Naquela noite, depois de Charlotte ir para cama, Roxanne apareceu e sentou-se comigo enquanto eu fazia ligações para os hospitais da região e delegacias de polícia para ver se ele sofrera um acidente. Era por volta das nove quando os faróis do carro de Marc reluziram pela janela panorâmica da sala. Roxanne virou-se para mim.

— Estou indo, querida. Boa sorte.

— Obrigada.

Roxanne saiu pela porta lateral, evitando encontrar Marc. Ouvi o destrancar da porta e, em seguida, Marc entrou. Fui até o vestíbulo, para encontrá-lo. Ele cheirava a álcool.

— Onde você esteve?

— Fora — disse, evitando o contato visual.

— Você bebeu.

— Esperta, você.

— Marc, onde você esteve?

— Eu não preciso responder a sua pergunta.

— Você ainda é o meu marido.

— Não por muito tempo.

— O que está dizendo?

— Estava bebendo — disse. — É isso que estou dizendo. É onde estava. É tudo que precisa saber.

— Você está se superando aqui. Primeiro a traição; agora a bebida.

Acenou uma mão desajeitada para me dispensar.

— Não fale comigo. Já estou cansado disso. Vou pegar as minhas coisas e partir.

— Estava implorando para voltar, e agora vai embora?

— Basicamente.

— E a Charlotte?

— Ela vai precisar se acostumar com isso, de algum jeito.

— Do que está falando? Acostumar-se com o quê?

— Não ter pai. — Parou para me olhar nos olhos. — Não que você se importe, mas descobri por que não estou me sentindo bem. Estou com câncer no pâncreas. O médico me deu de dois a seis meses de vida. O que acha disso, minha flor? — Caminhou até nosso quarto, ajoelhou-se diante do armário e começou a pegar suas roupas.

Segui-o, abismada. Quando consegui, falei:

— Marc, eu nem sabia que você não estava se sentindo bem.

— Você não estava muito preocupada com a minha saúde.

Agachei-me ao seu lado.

— Marc, por favor, pare. Eu me importo. Estava com tanto medo de que algo tivesse acontecido com você. Quinta-feira à noite, eu preparei um jantar à luz de velas para nós. Eu quero você de volta.

Ele parou.

— É tarde demais.

— Não, não é. Para onde você vai?

Ele me olhou com tristeza.

— Se eu tiver sorte, tenho cerca de trinta a quarenta dias. Não desperdiçarei nenhum deles sendo maltratado por você. Eu disse que estava arrependido pelo que aconteceu. Mas agora já chega. Não vou passar meus últimos dias na Terra me castigando pelo que não posso mudar. Ou deixar que você o faça. — Levantou-se, os braços carregados de roupa. — Onde você colocou a minha mala?

— Marc, o que aconteceu, a outra mulher, aquilo partiu meu coração, porque eu o amo. Sempre o amei. E eu te perdoo pelo que aconteceu.

Ele me olhou sem acreditar.

— Eu o perdoo, Marc. Completamente, eu quero você de volta. Quero que as coisas voltem a ser como eram.

— Elas não podem ser como eram.

— Não, mas ainda pode haver amor.

Ele suspirou profundamente.

— Não sei.

— Para onde você vai? — meus olhos se encheram de lágrimas. — Você quer mesmo morrer sozinho?

Seus olhos também começaram a se encher de lágrimas. Balançou a cabeça.

— Você pertence a este lugar, com sua família. Vou cuidar de você.

Ele colocou as roupas sobre a cama, e então enxugou as lágrimas dos olhos com a manga da camisa.

Segurei sua mão.

— Casei-me com você, para o bem e para o mal. Na maior parte do tempo, foi o bem. Você tem sido bom comigo. Você me deu Charlotte. Você é um bom pai. Quero estar com você. Quero você na minha cama. Tudo que aconteceu está esquecido. Prometo.

— Você consegue mesmo fazer isso?

Abracei-o.

— Consigo. Eu prometo. Deixe-me cuidar de você.

Ele subitamente começou a chorar.

— Eu sinto muito por tudo. Sinto por estar doente.

— Nós podemos vencer isso. *Juntos*, nós podemos vencer isso.

Ele balançou a cabeça.

— É tarde demais. Meu oncologista disse que, mesmo que fizesse quimioterapia e radioterapia, ganharia no máximo mais alguns meses. Ele me aconselhou a ir para casa, colocar as coisas em ordem e compartilhar cada minuto com meus entes queridos. — Começou a chorar novamente. — Eu disse a ele que não tinha um lar.

— Você tem. Você tem a nós. E é isso que faremos. Viveremos ao máximo cada minuto. Amo você. Eu sempre o amei.

Marc apoiou a cabeça em meu ombro, e choramos juntos.

CAPÍTULO
Oito

No momento em que estava pronta para retirar o curativo do meu nariz, um machado arrancou minha cabeça.

✦ Diário de Beth Cardall ✦

Fisicamente, Marc passou bem as três semanas seguintes, mas estava claro que o câncer se espalhava. Quase tão difícil quanto ver o seu declínio era assistir à experiência de Charlotte de perdê-lo. Contar a ela que seu pai estava morrendo foi a coisa mais difícil que já fiz. Era complicado saber quanto ela realmente percebia. O que uma menina de seis anos sabe sobre a morte? Aliás, o que qualquer um sabe?

Em agosto, Marc passou a ter dificuldades para caminhar, e tirei uma licença do trabalho para cuidar dele. Em uma manhã fria de setembro, tinha acabado de lhe dar um banho, quando ele perguntou:

— Você me ama?

— É claro que sim — eu disse, aproximando uma toalha de suas costas. — Eu não demonstrei?

— Sem dúvida — falou, baixinho.

— Por que você pergunta?

— Fico imaginando se você amaria o meu *verdadeiro* eu.

— O que quer dizer com isso?

— Esqueça — disse.

Tirei a conversa da cabeça, atribuindo-a à miríade de drogas que os médicos o fizeram tomar.

Uma semana depois, eu estava dando comida para Marc, quando ele murmurou:

— E *pluribus unum*.

— E *pluribus unum*?

— Preciso confessar uma coisa.

O modo como falou encheu meu peito de temor. Soube instintivamente que, o que quer que dissesse, era algo ruim.

— Não quero saber — falei. — Se é algo que irá me machucar, por favor, não me diga.

— Não quero morrer sendo um mentiroso. Não quero que nosso relacionamento tenha sido uma mentira.

Meu pânico era tamanho que eu quase não conseguia respirar.

— Por favor, Marc, não faça isso.

— Ashley não foi a única. Houve outras — ele falou.

Outras? Olhei-o, esperando uma nova bomba. Como ele se calou, perguntei:

— Quantas?

— Onze, talvez.

Onze. Comecei a chorar. Meu coração não era um ioiô, era um alvo em uma competição de tiro. Era um animal atropelado na estrada.

— Você não podia ter guardado isso para si? — Levantei-me e saí da sala.

Nada foi o mesmo depois disso. Marc era um desconhecido para mim — um homem que eu jamais conhecera de verdade. Não falei com ele nos três dias seguintes. Curiosamente, não sentia raiva — emocionalmente, esta fonte estava seca —, era algo mais. Eu estava indiferente.

Marc permaneceu em meu quarto enquanto eu dormia com Charlotte no quarto dela. Não creio que seja coincidência o fato de sua confissão ter sido o começo de seu grande declínio. Ele viveu por mais três semanas e meia, e eu cuidei dele todo esse tempo. Não era fácil. Não sou nem capacho, nem santa. Permaneci com ele por causa de Charlotte. Ela ainda estava doente, reclamando de tempos em tempos de uma dor de estômago, sem dúvida aguçada pelo medo e ansiedade com tudo que estava acontecendo com o pai. Não iria puni-la pelos pecados de Marc. Além disso, ele não tinha outro lugar para ir e, independentemente de quanto fora magoada, não poderia viver se deixasse o pai de minha filha morrer sozinho, mesmo que tenha desejado isso mais de uma vez.

No terceiro dia de outubro, os funcionários da assistência a doentes terminais começaram a vigília. Meu marido, disseram, estava morrendo ativamente (o que me pareceu uma contradição em termos). Não tinha dúvidas de que Marc sentia muito pelo que fizera, por sua traição e muito mais por sua confissão, acredito. Sua última palavra para mim foi: "Desculpe".

Uma semana depois, no dia 10 de outubro, ele morreu silenciosamente durante a noite. Charlotte chorou a morte do pai durante todo o dia seguinte, e todos os dias nas duas semanas posteriores. Àquela altura, meu coração parecia ter parado de bater uma centena de vezes seguidas.

Marc tinha um pequeno seguro de vida, de apenas 25 mil dólares, pouco mais que o necessário para cobrir suas despesas médicas, custos do funeral e para dar conta dos gastos que acumulamos desde que ambos paramos de trabalhar.

Era essa a situação em que eu e Charlotte estávamos quando o ano terminou. O inverno chegou mais uma vez, e os dias encurtaram e pareceram mais escuros e frios do que nunca.

E então, a temporada de férias chegou rastejando até nós. Não a acolhi bem. Sentia-me tudo, menos festiva ou esperançosa. Não confiava na vida ou nos homens. Diria que estava descrente, mas ninguém torna-se verdadeiramente descrente, só direciona sua crença para as coisas erradas: o medo e a derrota.

E, então, quando eu menos esperava algo novo em minha vida, ele chegou.

CAPÍTULO

Nove

*Descobri que as experiências mais significativas
de nossa vida raramente ocorrem quando as esperamos,
e muito frequentemente quando
nem sequer estamos prestando atenção.*

✦ Diário de Beth Cardall ✦

A primeira vez que o vi foi no Natal de 1989. Como cantara Bing Crosby, era um Natal branco. Na verdade, estava mais para um Natal *desbotado*.

    Quase oitenta centímetros de neve pesada caíram durante a noite, e continuava caindo, com ventos fortes esculpindo a neve na beira das estradas, com montículos ondulantes de um metro de altura que pareciam ondas congeladas. O rádio afirmava que mais de cinco mil lares na cidade estavam sem luz. Charlotte e eu fazíamos parte dos afortunados que ainda tinham energia e um fogo reconfortante em nosso forno à lenha.

    Nossa árvore de Natal se parecia com o meu interior: pequena, esparsa, seca e com poucas luzes. De fato, sentia-me feia, por dentro e por fora. Já fora bonita, ou ao menos este parecia ser o consenso, mas, ultimamente, não estava muito. Sentia-me esgotada e humilhada, como velhos tênis de corrida. *Passando por poucas e boas*, minha mãe costumava dizer. Hoje me soa bobo, mas tinha apenas vinte e oito anos e já me sentia velha. Era jovem demais para me sentir tão velha.

    Se estivesse sozinha, teria apenas ignorado a temporada de festas, mas Charlotte realmente precisava delas, e Roxanne não me deixaria em paz tão facilmente. Comemoramos o dia de Ação de Graças com ela e sua família.

    No sábado seguinte, em um esforço para entrar no clima, Charlotte e eu montamos e decoramos a árvore. Enfeitamos nozes com purpurina e as amarramos com um fio. Também fizemos flocos de neve com papel.

    O dinheiro andava curto, mas me esforcei para conseguir o que Charlotte queria, um Skip-It, um conjunto de livros do *Baby-Sitters Club*, e seu maior presente, uma boneca da American Girl. Ela soltou gritinhos quando abriu o pacote da boneca:

— Olhe, mamãe, o que o Papai Noel trouxe!

— Que bonita. Qual é o nome dela?

— Molly.

— Ela usa óculos.

— Ahã. Como eu. E um medalhão. — Abriu o pequeno medalhão pendurado no pescoço da boneca. — Podemos colocar uma foto aqui dentro?

Sorri.

— Como você adivinhou que era para colocar uma foto aí?

— Todo mundo sabe disso.

— Desculpe. Vamos colocar uma foto sua?

— Não. Do papai.

Ela estava brincando com sua boneca havia meia hora quando perguntou:

— Mamãe, por que o Papai Noel não trouxe nada para você?

— Bem — falei —, eu não precisava de nada, então pedi ao Papai Noel para levar presentes a uma boa menininha que precisasse.

— O Papai Noel não tem presente para todo mundo?

Como ela ficou tão esperta?

— Este ano não. Acho que estavam com brinquedos em falta no Polo Norte.

Pude vê-la entretida naquele dilema. Por fim, ela disse:

— Então vou pedir a Jesus que traga alguma coisa para você.

Sorri.

— O que você vai pedir para Ele me trazer?

— Alguém para cuidar de você.

Cada coisa que as crianças dizem, os adultos costumam afirmar. Não sabia como reagir a isso, por isso, apenas mudei de assunto.

— Está com fome?

Fez que sim.

— Vamos comer bolinhos?

— Vamos, sim. Como prometi.

Uma semana antes, perguntei a Charlotte o que ela queria para o café da manhã de Natal. Ela não hesitou. Bolinhos de uva-do-monte feitos com leite de manteiga eram uma criação nossa. Em uma manhã de domingo, no meio do preparo dos bolinhos, descobri que estávamos sem leite. Não tinha tempo para ir ao mercado, então eu substituí por leite de manteiga. O resultado foi inesperadamente delicioso, e assim nasceu um de nossos doces favoritos.

Fui até a cozinha e comecei a separar os ingredientes quando percebi que me esquecera de comprar o leite de manteiga. Eu podia ter usado leite comum, ou mesmo servido um pouco de cereal matinal em vez dos bolinhos — com o tempo do jeito que estava, isso teria sido o mais prudente a fazer — mas depois de tudo que Charlotte passara naquele ano, não queria negar a ela o que estava ao meu alcance.

— Precisamos ir até o mercado — disse. Vesti um sobretudo, agasalhei bem Charlotte, e fui de carro ao único lugar aberto naquela manhã de Natal — uma loja de conveniência distante cerca de um quilômetro e meio de casa.

Talvez tenha sido o acaso, ou talvez uma resposta às preces de Charlotte, mas foi ali que *o* encontrei pela primeira vez.

Quando chegamos à loja, falei para Charlotte:

— Querida, espere aqui no carro. Volto em um minuto.

— Você compra chiclete?

Sorri.

— Claro.

Estava tirando a neve das minhas botas quando entrei na loja, por isso não o vi a princípio. Estava de pé, nos fundos, bebericando uma xícara de café com espuma, fitando-me deliberadamente.

Nossos olhos se cruzaram por um instante. Tentei não encará-lo, mas ele era realmente lindo. *Um galã de novela*, diria Roxanne. Lindo e de aparência exótica. Tinha os cabelos levemente ondulados, cor de *cappuccino*, e olhos azul-claros, radiantes no contraste com a pele bronzeada. Fiquei imaginando o que um homem tão bonito estaria fazendo sozinho em uma loja de conveniência, em uma manhã de domingo. Pode chamar de ressentimento, mas o lado autoprotetor de minha mente entrou em ação e concluiu que deveria haver algo errado nele — como no dia em que Charlotte fez um refresco e usou sal em vez de açúcar. Parecia bom, mas, depois de um gole, despejei o líquido pia abaixo.

Parei para pegar algumas coisas além do leite de manteiga — uma maçã, leite e um pacote de chicletes de menta — em seguida, fui até o caixa, equilibrando precariamente minhas compras em meus braços.

Ele foi até o caixa no mesmo instante, seus olhos não desgrudavam de mim. Seu olhar fazia com que me sentisse estranha, mas, francamente, era bom ser notada.

— Feliz Natal — ele disse. Sua voz era cálida e profunda.

Fingi que não havia reparado que ele me fitava, então me virei e soltei um sorriso furtivo.

— Bom dia — respondi, e voltei-me para o atendente, esforçando-me ao máximo para aparentar desinteresse.

Quando depositei as compras no balcão, o pacote de chicletes caiu no chão. Inclinei-me para apanhá-lo. Aparentemente, o *galã de novela* teve a mesma ideia, e batemos a cabeça com força. Levantei-me, esfregando a topo da cabeça:

— Ai.

— Desculpe — ele disse, fazendo uma careta de constrangimento. Estendeu-me o pacote de chicletes. — Meu nome é Matthew.

Peguei o pacote, ainda esfregando a cabeça com a outra mão.

— Oi, Matthew.

— Nós já nos vimos antes?

Balancei a cabeça, imaginando se se tratava de uma cantada batida.

— Acho que não.

O atendente da loja, que parecia alheio a tudo, exceto ao desejo de estar em outro lugar, perguntou:

— É só isso?

— E isto — respondi. E entreguei-lhe o chiclete, pescando uma nota de dez dólares do bolso.

— São seis e setenta e três. — Deu-me o troco. — Você quer uma sacola para as compras?

— Sim, por favor.

Olhei novamente para Matthew, e ele sorriu para mim. Com nervosismo, tirei os cabelos do rosto. O atendente colocou as compras na sacola e a entregou para mim.

— Feliz Natal — disse, entediado.

Peguei a sacola.

— Obrigada. Para você também.

Virei-me para sair, quando Matthew perguntou:

— Você trabalha em uma lavanderia? Olhei-o de volta.

— Sim.

— Em Highland Drive — ele disse —, eu já vi você ali.

Eu me perguntei como aquilo era possível. Sabia que jamais o vira antes. Eu com certeza teria me lembrado, especialmente porque Roxanne teria feito algo embaraçoso, como dizer a ele que eu era solteira, ou tirar uma foto dele.

— Bem, então nos vemos por aí — falei. — Feliz Natal.

Saí da loja, a neve já começara a cobrir o meu para-brisas, e entrei no carro.

— O seu chiclete, Char.

— Obrigada, mamãe.

Contemplei-me no espelho retrovisor. Sem maquiagem, e o cabelo despenteado, preso atrás por um cachecol. *Por que alguém tão lindo daria em cima de mim?*

CAPÍTULO
Dez

Pode-se pensar que aqueles que esperam ansiosamente o ano novo são os interessados em deixar o passado para trás — mas não é assim. Se você odiou a última consulta ao dentista, não esperará ansiosamente pela próxima.

✦ Diário de Beth Cardall ✦

O fim de ano é um período de extremos para as lavanderias. A Prompt estava sempre agitada até o dia de Ação de Graças, desacelerava até o Natal, depois era *pernas para que te quero* na semana antes do Réveillon, já que as pessoas limpavam o guarda-roupa e se preparavam para as festividades de Ano-Novo.

A Prompt Cleaners fechou cedo no último dia do ano, às duas da tarde, por isso estivéramos cheias de serviço durante toda a manhã, com gente retirando seus trajes formais para as festas. Eu passava calças, quando Roxanne se aproximou.

— O que está cozinhando, Beth?

— Além de mim? — perguntei em meio a uma rajada de vapor. Era sempre dez graus mais quente nos fundos, ao lado do grande maquinário, as pesadas máquinas de lavagem a seco, que conseguiam engolir dezesseis quilos de paletós de uma só vez.

— Aqui está o seu cheque — falou, estendendo-me um envelope. — Não gaste tudo de uma só vez.

— Receio que já o tenha feito — falei.

Roxanne se recostou na tábua de passar camisas.

— Você acredita que é o último dia da década?

— Graças a Deus — respondi.

Deu um sorriso sem graça com a minha resposta.

— Puxa, você é a alegria em pessoa. A rabugenta tem algum plano para o Réveillon?

— Farei enchiladas de queijo para Charlotte. Não ficará mais animado que isso. E você?

— Ray vai trabalhar, por isso seremos apenas Jan e eu. Vou fazer o meu fondue de chocolate. Por que você e a Char não aparecem com as suas enchiladas e assistem ao Dick Clark conosco?

— Obrigada, mas Charlotte não estava lá muito bem esta manhã. Acho que iremos nos deitar cedo.

— Puxa, você é pura diversão. Não está animada com a nova década?

— Estou falida, sozinha, e sou funcionária em uma espelunca. O que acha disso?

— Eu *acho* que você precisa de alguém. — Ergui os olhos para ela.

— Eu tenho Charlotte.

— Uma companhia *masculina*.

— Parece a Charlotte falando. Ela rezou para que Jesus me trouxesse alguém. Eu não acho que Jesus gerencie uma agência de namoros.

— Eu não estaria tão certa disso. Não seria bom ter alguém para cuidar de você?

— Sim, este é um adorável conto de fadas. Infelizmente, nem todos podem ser Ray.

— Você acha que Ray não tem problemas?

— Todo mundo tem. Mas você não precisa se casar com eles.

— Você não precisa ficar sentada e sozinha na noite do Ano-Novo. Isso é...

— Patético? — provoquei.

— Eu ia dizer entediante, mas patético também serve.

Continuei a passar as roupas.

— Vou pensar.

Roxanne cruzou os braços.

— Você não vem, não é, estraga-prazeres?

— Olhe, Rox, não estou no clima de comemoração. Você sabe, por tudo que tenho passado.

— Então não pense nisso como uma comemoração. Considere isso o velório de um ano ruim.

— Obrigada pelo convite.

Ela suspirou.

— Está bem. Preciso voltar lá para a frente. Curta as suas enchiladas, estraga-prazeres.

Roxanne e eu trancamos as portas da frente da lavanderia às duas horas, mas ainda tivemos de lidar com uma leva frenética de pessoas que se esqueceram de seus trajes da noite e que esmurravam a porta da frente e dos fundos, implorando para que abríssemos. Eram quase três horas quando Roxanne e eu finalmente fugimos pelos fundos.

— A oferta ainda está em pé — falou Roxanne, destrancando seu carro. — Fondue de chocolate com morango e banana.

— Vamos ver.

— Isso é o que falamos para nossos filhos quando não queremos dizer não, mas já estamos dizendo.

— Te amo, Rox — respondi. — Feliz Ano-Novo.

— Para você também, querida. Vamos torcer por um ano melhor.

Dirigi até o banco para depositar meu cheque, e passei na mercearia para apanhar algumas coisas para a nossa "comemoração" — meia dúzia de latas de refrigerante, um pacote de biscoitos de canela em forma de ursinhos, uma lata de molho de tomate, um pouco de queijo cheddar e tortilhas de milho.

Enquanto aguardava na fila do caixa, *o galã de novela*, o homem que encontrara no dia de Natal na loja de conveniência, entrou na fila atrás de mim. Estava tão bonito quanto antes.

— *Déjà-vu* — comentou.

Olhei para ele, tentando recordar seu nome.

— Mike — tentei adivinhar.

Deu um sorriso amarelo, uma pequena covinha surgiu acima de sua bochecha direita.

— Matthew.

— Isso, Matthew. O da cabeçada.

Riu.

— Gosto disso, Matthew, o da cabeçada. Ainda me sinto envergonhado com aquilo.

Sem cumprimentar, a moça do caixa começou a contabilizar os itens e a depositá-los em um saco plástico.

— E então, o que você faz quando pedem bis? Um encontrão?

Deu risada.

— É, bem, se me enforcarem por ser educado, morrerei injustamente.

A atendente falou:

— São oito dólares e setenta e quatro centavos.

— Acho que vou pagar em dinheiro — falei. Vasculhei a minha bolsa, esperando ter a quantia necessária para não ter que preencher um cheque.

Tudo que pude encontrar foram seis dólares.

— Tome — disse Matthew, estendendo uma nota de dez dólares para a atendente.

Ergui os olhos para ele.

— Pode deixar — falei. Voltei a remexer, em vão, a minha bolsa. Finalmente, tirei meu talão de cheques e comecei a escrever.

— Oito dólares e... setenta e dois centavos?

— Setenta e quatro — falou brevemente a mulher, fazendo o possível para parecer irritada por eu estar preenchendo um cheque de quantia tão baixa.

Terminei de escrever e entreguei-lhe o cheque.

— Preciso da identidade — ordenou a atendente.

— Sério? Por oito dólares? — perguntou Matthew.

— Eu não faço as regras — falou.

— Eu pego — falei. Voltei a vasculhar minha bolsa, retirei a carteira e mostrei a minha carta de motorista.

Ela carimbou o verso do cheque, anotou o meu número de habilitação e guardou o cheque na gaveta do caixa.

Voltei-me um pouco constrangida para Matthew.

— Tchau.

— Ei, você pode esperar um pouco?

Olhei-o intrigada.

— Por quê?

— Só quero conversar com você. Será rápido. Prometo. Por favor.

Não sei ao certo por que disse sim — talvez por algo tão simples e poderoso quanto a pressão social —, mas cedi.

— Tudo bem. Só alguns minutos. Eu realmente preciso ir para casa.

— É tudo de que preciso — afirmou.

Caminhei até a porta automática para esperá-lo. Ele entregou à atendente duas notas e disse:

— Fique com o troco.

Dirigiu-se sorrindo até minha direção.

— Obrigado por esperar. Terá uma grande festa hoje à noite?

— Ah, claro. Ficaremos dependuradas nos lustres.

— Parece divertido — falou, como se tivesse acreditado em mim.

— E então, você está me seguindo?

O sorriso se alargou.

— Você é uma mulher direta, por isso serei direto e vou convidá-la para sair.

— Quer me chamar para sair?

— Quero.

— E se eu dissesse que não estou interessada?

— Seria o esperado.

— Mas isso o deteria?

— Provavelmente não. Um novo ano está chegando. Aposto que você poderia precisar de um amigo.

— Eu tenho amigos suficientes. Além disso, os homens nunca querem ser apenas amigos.

— Talvez eu seja a exceção.

— *Isso* me deixaria preocupada. — Olhei para ele, sentindo-me um pouco receptiva ao seu convite. — Olhe, você parece um sujeito bacana, e tenho certeza de que sabe que é muito bonito, mas não estou procurando um novo relacionamento em minha vida neste momento. Fico lisonjeada, de verdade. Mas não estou interessada. Desculpe.

Ele permaneceu ali, olhando para mim, completamente impassível ao que eu imaginava ser uma dispensa muito clara.

— Você é franca. Eu gosto disso.

— O que mostra apenas que não esteve comigo tempo suficiente. Ninguém quer tanta franqueza.

— Você tem razão, isso provavelmente me deixaria louco. Quando posso levá-la para sair?

Olhei-o espantada.

— Você não ouviu uma palavra do que eu disse, não é?

— Não sou um bom ouvinte.

— Escute...

— Matthew — ele falou.

— Certo. Matthew, você não sabe nada sobre mim. Não sabe nem o meu nome. Portanto, vamos deixar isso como está. Acredite, será melhor. — E me virei para sair.

— É Bethany — falou.

Voltei a olhá-lo.

— O quê?

— Seu nome é Bethany.

— Como é que você sabe disso?

Ergueu os ombros.

— Devo ter escutado alguém chamar você.

— Ninguém me chama de Bethany, exceto minha mãe. E ela morreu há dez anos.

Apenas continuou a me fitar.

— Então é um mistério.

Abreviei:

— Realmente preciso ir embora.

— Espere, por favor. Só quero sair com você. Não aceitarei um não como resposta.

— Quer queira, quer não, esta ainda é a resposta.

Afastei-me. Ele me seguiu até o estacionamento. Quando estava destrancando o carro, ele falou:

— Por que você não me dá uma chance?

Abri a porta.

— Eu já disse o porquê. Além disso, agora você disparou o alarme interno. Tchau.

— Não vou desistir — ele falou.

— Tchau — falei e entrei no carro.

Liguei a ignição e dei marcha a ré. Ele permaneceu ali, com as mãos nos bolsos, observando-me.

O que ele queria? Roxanne teria me dado um tapa na cabeça por tê-lo dispensado.

CAPÍTULO

Onze

Ai de mim, outro ano.

✦ Diário de Beth Cardall ✦

A noite do Ano-Novo estava ainda mais silenciosa que o normal — o que, para mim, é sinal de algo. Marc e eu nunca fomos fãs do Réveillon. Nos primeiros anos do casamento, fomos às festas da empresa onde ele trabalhava, até que um ano o chefe de Marc, Dean, bebeu demais e começou a flertar comigo enquanto meu marido conversava com os outros vendedores.

Ele me disse que a única razão para ter contratado Marc era chegar até mim. Fiquei mortificada.

— Isso nunca vai acontecer — falei —, e se algum dia falar sobre essa conversa com o meu marido, contarei à sua esposa. — Saí, encontrei Marc e pedi a ele que me levasse para casa.

Depois disso, nunca mais fomos à festa da empresa. Jamais contei a Marc sobre o que acontecera, temia que isso ferisse seu ego, sempre tão frágil. Apenas lhe disse que não queria mais ir. Ele reagiu com raiva, mas não insistiu muito.

Desde então, o Réveillon significava apenas que teria de comprar um novo calendário e que poderíamos dormir até tarde na manhã seguinte.

Charlotte passara o dia brincando na casa de uma vizinha, Katie, sua melhor amiga. A mãe de Katie, Margaret Wirthlin, era uma amável matrona com oito crianças. Ela sempre ficava contente de ter Charlotte por perto e, francamente, com tantas crianças, não creio que ela se incomodasse de cuidar de mais uma.

Busquei Charlotte na volta do trabalho. Mais uma vez, ela não se sentia bem. Quando chegamos em casa, simplesmente se deitou no sofá enquanto eu fazia as enchiladas, e adormeceu antes que eu terminasse. Cogitei deixá-la dormir, mas estava tão preocupada com sua perda de peso que acordei-a para o jantar. Deu apenas duas mordidas em sua enchilada, e então pousou a cabeça sobre a mesa. Carreguei-a até a minha cama, onde ela passara a dormir desde a morte de Marc.

Voltei para a cozinha, lavei os pratos, e deitei-me no sofá para ler um livro.

E era isso, o momento mais excitante do meu dia. Quando pensei no ano novo, meu coração se encheu de temor. Não me lembro de outra ocasião em que me senti tão vulnerável e sem esperanças. Sentia-me acossada por todos os lados. Estava sozinha, física e mentalmente exausta, espiritualmente apática, e, do ponto de vista financeiro, eu estava na corda bamba e bastaria uma pequena brisa para me derrubar. Meu salário não era suficiente para pagar a hipoteca e as nossas despesas. Sem o ordenado de Marc, sabia que precisava de um trabalho que me pagasse melhor, mas fazendo o quê? Não possuía habilidades "rentáveis", um bom currículo e, com todas as faltas para cuidar da saúde de Charlotte, quem me aceitaria?

Apesar dos temores, lá no fundo eu guardava o maior de todos — enterrado nos mais profundos recônditos de minha mente. *E se Charlotte estivesse lutando contra algo maior do que imaginávamos?* Ela não estava piorando, ao menos não parecia estar, mas também não estava melhorando. E se fosse algo crônico? *E se fosse algo fatal?* Afugentei imediatamente o pensamento de minha cabeça. Não aceitaria isso. *Tudo menos isso.*

Seria bom, como Charlotte e Roxanne desejaram, ter alguém para cuidar de mim. Mas eu poderia igualmente desejar uma fada madrinha. Não iria acontecer. Erguera muralhas ao redor de minha vida e de meu coração, não porque gostasse da solidão. Não gostava, as ergui para proteger Charlotte e eu. Apesar de minhas afirmações ao contrário, sou uma dessas mulheres que odeia ficar sozinha. Mesmo depois das traições que sofri, ainda sentia saudades de Marc. Ao menos eu pensava que sim, até perceber que não sentia saudades *dele*, sentia saudades da *ilusão dele* — a ilusão de nosso amor e nossa família. Como qualquer um, eu desejava ser amada. Queria pertencer a alguém. Queria ser querida. Mas a que preço? Temia que meu estado emocional fosse tão precário quanto o financeiro — a apenas um passo do desastre.

Meus olhos se encheram de lágrimas. Quando a vida se tornara tão cruel? Ou melhor: quando não fora cruel? Estava sozinha desde os dezoito anos, quando minha mãe faleceu durante uma operação na vesícula. Minha tia cuidou de mim por um tempo, mas para mim era óbvio que fizera isso por obrigação, não por querer. Com dezoito, você já está praticamente encaminhado, de qualquer modo. Conheci Marc no segundo ano do Ensino Médio, e dei um pulo quando ele me fez a pergunta. Não estou dizendo que não o amava. Eu simplesmente não o odiava tanto quanto odiava estar sozinha. E paguei por isso.

Haveria alguém mais em algum lugar para mim? Meus pensamentos vagaram até o homem da mercearia. Matthew. Estaria afastando justamente aquilo que esperava ter? Deixá-lo se aproximar um pouco teria me matado? Colocar a ponta dos dedos na água? Ele parecia sincero. Ele parecia suficientemente bom.

Bom. Dei um sorriso amarelo com o pensamento. *Outro bom sujeito. Como Marc.* Talvez sejam justamente nos bons sujeitos que não se deva confiar. Talvez fosse a própria fachada do "bom" que se deveria evitar, mera pele de cordeiro, não é? *Antes o demônio conhecido.*

A conclusão: eu não sabia. Não sabia em quem, caso houvesse alguém, eu poderia confiar. A única certeza era em quem não poderia: em mim. Ou ao menos em meu discernimento. Por sete anos eu vivi uma farsa. Por sete anos, meu marido, meu melhor amigo, minha alma gêmea, flertara com uma sucessão de mulheres enquanto eu me ocupava com os incêndios em casa, alheia a tudo. Como fui tola. Não, falando francamente, quão burra uma mulher pode ser?

Creio que tudo que eu sabia realmente era que não poderia me deixar arrastar novamente. Restara muito pouco — muito pouco para que meu coração se esvaziasse de todo.

À meia-noite, pude ouvir o estouro dos fogos de artifício do outro lado da rua, e o tumulto do clã de Margaret batendo panelas no jardim. Olhei pela janela. "Feliz Ano-Novo", falei a ninguém. E falei sem esperanças. A felicidade era um cavalo negro.

CAPÍTULO

Doze

*Esse homem continua retornando,
como um bumerangue de carne e osso.
Espero que não seja torto, também.*

✦ Diário de Beth Cardall ✦

Fiquei contente com o fim das festividades e o retorno das coisas ao normal, independentemente de como foram esses dias. Passava paletós quando Teresa caminhou de modo afetado até a minha estação. Teresa era a musa da Prompt, uma loira de dezenove anos dona de beleza estonteante — fora rainha do baile, líder de torcida, você conhece o tipo. Roxanne opinava que o propósito principal da existência de Teresa era lembrá-la do quanto ela mesma ficara velha e indesejável.

Teresa tirou os fones de ouvido do *walkman* e abriu um largo sorriso.

— Beth, alguém mandou flores para você.

Ergui os olhos.

— Para mim? — não conseguia imaginar quem me mandaria flores.

— Sim, para você. São bonitas. E, a propósito, pode ficar com as flores, mas eu fico com o entregador. Ele é lindo. Eu disse que poderia simplesmente deixar as flores comigo, mas ele falou que precisava entregá-las pessoalmente.

A lavanderia possuía um painel de vidro atrás do balcão para que, quando estivéssemos sem pessoal, pudéssemos trabalhar nos fundos e ficar de olho na recepção. Olhei em volta, de minha prateleira de roupas, para ver esse entregador de quem ela falava.

Matthew estava de pé, encostado ao balcão e segurando um vaso de girassóis. Retornei ao paletó que estava passando, suspirando de leve.

— Já vou.

Teresa olhou para mim espantada.

— Você não está louca para saber quem mandou?

— Eu sei quem as mandou. São do homem que as está segurando.

Olhou para mim incrédula.

— Você está de brincadeira comigo.

— O que quer dizer com isso?

— Nada — respondeu rapidamente. — Nada. E então, você vai até lá ou devo mandar o Príncipe Encantado embora?

Pendurei o terno que estava passando.

— Já vou.

— Vou deixá-la à vontade, então. Divirta-se.

Teresa desapareceu no banheiro. Olhei pelo painel de vidro. Matthew aguardava pacientemente, balançando levemente no ritmo da música que tocava na recepção o grande vaso azul apertado entre as mãos. Balancei a cabeça e fui até a frente da lavanderia. Ele sorriu quando apareci na porta.

— Oi, Beth.

— Oi. — Coloquei as mãos nos quadris. — Eu falei que....

— Trouxe isto — disse, empurrando as flores em minha direção. — Eu falei que não iria desistir.

Por um instante fiquei olhando para elas, sem saber o que fazer. Aceitá-las iria contra o que me convencera ser o certo, mas, quando se está fazendo dieta, às vezes só queremos um pedaço de chocolate, se é que me entende.

Além disso, racionalizei, *que tipo de mulher rejeita um homem que lhe oferece flores?*

— Obrigada — falei, aceitando o buquê e pousando-o sobre o balcão. — Adoro girassóis.

— Eu sei.

— Como você descobriu?

— Você parece o tipo de mulher que gosta dessas flores. Rosas são bonitas, mas girassóis têm um significado.

Olhei-o intrigada. Era algo que eu costumava dizer a Charlotte. *Girassóis olham para o sol*, falava. *Eles representam a esperança.*

— O que os girassóis representam? — perguntei.

Olhou para mim, e um sorriso inteligente cruzou seus lábios.

— Esperança.

Enquanto olhava para ele, não pude evitar de pensar em como ele era bonito. Meu olhar se dividia entre ele e o igualmente belo buquê de flores.

Por fim, suspirei.

— O que você quer?

— Apenas um encontro. Se você não gostar, ou me odiar, prometo que te deixo em paz.

— Está bem — falei.

Suas sobrancelhas se ergueram de surpresa.

— Sério?

— Bem, você não vai desistir até que eu saia com você, não é?

— Não.

— Então, que escolha tenho eu? Um encontro. Quando?

— Quando está bom para você?

— Minha babá costuma estar disponível apenas nos fins de semana.

— Que tal na sexta? — ele perguntou.

— Esta sexta?

Balançou a cabeça.

— Sim.

— Se a babá estiver livre, que seja na sexta. A que horas?

— Às sete?

— Sexta às sete. Marcado.

Abriu um largo sorriso.

— Ótimo. — Estava prestes a sair, então virou-se novamente. — Eu não tenho seu endereço.

Retirei uma folha de papel do bloco de pedidos, ao lado do caixa, e rabisquei meu endereço no verso.

— É a casa de porta azul. — Entreguei-lhe o papel, ele deu uma olhada, depois o dobrou e o colocou no bolso.

— Até lá, então.

Observei-o enquanto partia, depois levei as flores para os fundos. Eu era tão louca por flores. Sempre fui. Mesmo assim, não pude deixar de me questionar se havia feito a coisa certa.

Roxanne permanecia ao lado da prensa de passar, aguardando por mim.

Teresa a havia alertado sobre o meu visitante, e as duas observaram a conversa por trás do painel de vidro.

— Agora sei por que você não queria aparecer em casa no Réveillon.

— Do que você está falando? — Coloquei as flores no balcão atrás da prensa.

— Você me enganou, garota. Tenho falado para você subir no cavalo novamente e, esse tempo todo, você esteve cavalgando um cavalo selvagem.

— Cavalo selvagem?

— Eu vi o sujeito. Por que não me contou sobre ele?

— Não havia nada para contar.

— Nada para contar? Quanto tempo faz que isso está acontecendo?

— Acabamos de nos conhecer. — Voltei ao trabalho, colocando um paletó sobre a prensa.

— Onde?

— Em uma loja de conveniência.

— Uau, tudo que consegui ali foi uma Coca Diet. Quem tomou a iniciativa?

— Quem você acha?

— O que ele falou?

— Se quer saber...

— Quero — insistiu.

— Ele me deu uma cabeçada.

— O quê?

— Foi um acidente. Deixei cair o meu chiclete.

— Não me importa. Um homem daquele tipo pode me dar cabeçadas de uma ponta a outra do país. E por que você não está animada com isso?

— Porque *eu não estou* animada com isso. Não parece certo.

— Por causa do Marc?

— Sim, mas é mais do que isso. Quero dizer, olhe para aquele cara.

— Sim, eu o vi. Ele é estonteante. Qual é o problema?

— Você já se sentou na arquibancada durante um jogo, e alguém vira e acena para você, e você sorri e começa a acenar de volta, só para depois perceber que ele está acenando para alguém sentado atrás de você?

— Sim.

— É assim que me sinto.

Roxanne pousou as mãos nos quadris.

— Bem, garota, veja estas flores. Ele definitivamente está acenando para você.

— Não parece certo. Ele é mais jovem, dolorosamente lindo, e bacana.

— Que pesadelo...

— Vamos lá, Rox, você tem de admitir que não faz sentido.

— Não, é você que precisa admitir que *faz*. Por que não pode simplesmente aceitar que alguém possa achá-la desejável?

Franzi as sobrancelhas.

— Não sei. Talvez porque me sinta como uma peça danificada. — Voltei para a máquina de passar. — Além disso, meu coração me diz que não posso confiar nisso. É a primeira regra do amor e do dinheiro — se parece bom demais para ser verdade, é porque é.

— Você é cética demais.

— Só estou tentando ser esperta, para variar.

— Se fugir da felicidade é ser esperta, então eu prefiro ser burra. Antes burra que solitária.

— Bem, sou as duas coisas.

— Apenas dê uma chance a ele, Beth. Você teve um ano difícil. Divirta-se, para variar um pouco. Qual é a pior coisa que poderia acontecer?

Ergui os olhos para ela.

— Eu poderia gostar dele.

CAPÍTULO
Treze

Raramente nos preocupamos com as coisas certas.

✦ Diário de Beth Cardall ✦

Na sexta de manhã, Matthew passou na lavanderia. Roxanne estava no atendimento quando ele entrou.

— A Beth está?

— Claro que sim — ela respondeu. — Você é o Matthew?

— Sim, senhora.

— A senhora está no céu. Sou Rox. Vou chamar a Beth para você. — Correu para os fundos para me avisar, com o rosto vivo de empolgação. — Ele está aqui.

— Quem está aqui?

— *Ele.* Matthew.

— Ah. — Olhei através do painel de vidro. Ele estava ali parado, as mãos nos bolsos. Pendurei as calças e caminhei até o balcão.

Sorriu ao me ver.

— Bom dia.

— Oi.

— Só passei para me certificar de que tudo está certo para hoje à noite.

Confirmei.

— Encontrei uma babá.

Ele sorriu.

— Excelente. Vejo você às sete, então.

— Combinado.

— Você gosta de comida italiana?

— Adoro.

— Ótimo. Pensei em um jantar, seguido de um cinema. — E permaneceu ali, desajeitado, então voltou a falar. — Bem, excelente. Até às sete. — E saiu.

Roxanne apareceu antes que a porta se fechasse.

— Menina, esse rapaz é apaixonante.

— Você poderia parar de me espionar?

— De jeito nenhum.

Balancei a cabeça e caminhei de volta para a máquina. Roxanne me seguiu.

— E então, o que você e o bonitão vão fazer?

— Um jantar e cinema.

— Sem cinema — péssima escolha para um primeiro encontro. Os filmes são para casais de velhos entediados que já não têm o que dizer um para o outro. Como eu e o Ray.

— Não foi escolha minha.

— Você é a mulher, a escolha é sempre sua. Apenas fique à vontade durante o jantar e então sugira outra coisa. Acredite, apaixonante como é, ele estará louco para agradar.

— Sugerir outra coisa, como o quê?

— Menina, você já tem quase trinta. Pense em algo.

Balancei a cabeça.

— Não. De jeito nenhum. Nada físico. Nem mesmo um beijo.

— Você realmente está querendo dispensá-lo?

— Talvez. Além disso, ele disse que só queria que fôssemos amigos.

Olhou-me incrédula.

— Ele não disse isso.

— Disse sim.

— Ele *realmente* disse isso?

— Sim — repeti. — Ele *realmente* disse isso.

— Quando?

— No supermercado.

— Então ele está mentindo. Os homens nunca querem ser amigos. E se ele quiser, então você deveria realmente se preocupar.

— Foi o que eu disse a ele.

— Bom, você não é tão burra. — Tocou meus cabelos. — Quando foi a última vez que foi ao salão?

— Cinco semanas atrás.

— Tudo bem. Então, olhe o que você deve fazer. Depois do jantar, peçam um café para viagem, vão até Millcreek Canyon e apenas fiquem sentados no carro, conversando.

— Por que não tomamos o café no restaurante?

— Isso não tem a ver com a comida, mas com ir para um lugar estratégico.

Ergui as mãos.

— Pode parar. Isso nada tem a ver com qualquer coisa estratégica. Não há lugar em minha vida para complicações. Se ele conseguir manter uma boa conversa, estamos bem. Se não, sorte minha, livrei-me de uma enrascada.

Roxanne suspirou.

— Está bem, ótimo. Você está certa. Entediante, mas certa. A que horas ele passa para pegar você?

— Às sete.

— Jan estará lá às quinze para as sete. E eu espero um relatório completo pela manhã.

— Isso eu posso fazer. Agora, deixe-me trabalhar, chefe.

— Está bem, está bem. — Enquanto caminhava até a recepção, gritou: — Lembre-se, relatório *completo*.

Sorri. *Eu amo essa mulher.*

Jan chegou por volta das seis e meia. Tinha acabado de sair do banho quando Charlotte abriu a porta para ela. Eu saí, enrolada na toalha.

— Oi, senhora C. — Jan usava um vestido *baby doll* marrom, com *legging* preta e uma jaqueta jeans.

— Desculpe — falei. — Achei que tivéssemos marcado às sete horas.

— Marcamos — disse Jan, alegremente —, quis chegar antes das sete. Sabe, eu adoro ficar com a minha Char.

— Obrigada, querida. Fiz macarrão instantâneo de jantar para Charlotte. Estarei me aprontando no banheiro.

Voltei, me vesti e comecei a passar a maquiagem. Fazia um tempo que não demorava tanto diante do espelho, e isso me deixou feliz. Era bom me sentir bonita de novo. Estava passando o rímel quando ouvi Jan gritar:

— Senhora Cardall! Senhora Cardall!

Soltei o rímel e corri para a cozinha. Charlotte estava deitada na cozinha, tremendo, as pálpebras trêmulas e o corpo enrijecido. Jan estava ajoelhada ao seu lado, pálida como a parede. Corri para junto de Charlotte.

— Ela está tendo uma convulsão. Ligue para a emergência!

Jan saltou e correu até o telefone enquanto eu segurava os ombros de Charlotte.

— Meu bem, é a mamãe.

— Atenderam — falou Jan. — Qual é o endereço mesmo?

— Oakhurst, 2412 — falei — e diga para virem logo! — Jan repetiu o endereço.

— Eles querem saber o que está acontecendo.

— Ela está tendo uma convulsão.

— Eles querem saber se ela já teve isso antes.

— Não. O que devo fazer? — perguntei, tentando ficar calma.

— O que fazemos? — perguntou Jan ao atendente.

— Deixe-a de lado. — De súbito, Charlotte desmaiou.

— Charlotte! — e gritei para a Jan: — Diga para eles que ela desmaiou. Eu preciso segurar a sua língua?

Ela repetiu as minhas palavras ao telefone.

— Ela ainda está respirando?

— Sim.

— Não coloque nada em sua boca. Eles dizem que ficará tudo bem. Ponha algo macio debaixo da cabeça dela.

Tirei o meu suéter, enrolei-o e o coloquei sob sua cabeça. No momento seguinte, Charlotte gemeu, e em seguida começou a se mexer. Eu falei baixinho:

— Querida, consegue me ouvir?

Ela ergueu os olhos para mim e começou a chorar. Abracei sua cabeça.

— Estou aqui, meu bem. Estou aqui.

Ouvi o ruído de uma sirene descendo a nossa rua.

CAPÍTULO
Quatorze

O medo floresce melhor nas sombras do desconhecido.

✦ Diário de Beth Cardall ✦

Era pouco depois das dez da noite, e eu estava sentada ao lado de Charlotte em seu leito de hospital quando Roxanne chegou. Charlotte estivera calma e adormecida havia quase uma hora. Roxanne colocou a mão em meu ombro enquanto olhava para Charlotte.

— Louvado seja Deus — sussurrou. Abraçou-me, e então saímos para o corredor para conversar.

— O que aconteceu? — perguntou Roxanne.

— Ela teve uma crise convulsiva generalizada.

— Eles sabem o que provocou isso?

— Não. Ela já estava bem quando chegou ao hospital. Até parecia que nada tinha acontecido.

— Isso tem alguma relação com as outras coisas pelas quais ela está passando?

— Não sei. Talvez. Mas seja o que for, está piorando. — Lágrimas começaram a brotar de meus olhos. — Estou com tanto medo. E se perdermos ela também?

— Nem pense nisso. Você não vai perdê-la.

— Eu gostaria que você pudesse me prometer isso.

Comecei a chorar e desabei sobre Roxanne. Ela delicadamente esfregou as minhas costas.

— Está tudo bem, querida. Está tudo bem.

Poucos minutos depois, quando consegui falar, perguntei:

— Como está a Jan?

— Um pouco abalada, mas está bem. Ela nunca passou por algo assim.

— Ela contou a você o que aconteceu?

— Ela disse que Char estava comendo quando começou a conversar de um jeito engraçado. Ela lhe perguntou se estava brincando, e disse que Charlotte apenas olhou para ela e começou a tremer.

Suspirei.

— Graças a Deus que ela estava lá. Eu estava no banheiro me aprontando quando aconteceu, nem teria sabido o que aconteceu. — E solucei novamente.

Roxanne me abraçou.

— Ela está bem, é isso que importa. — Depois de alguns minutos, ela perguntou: — Como o seu amigo reagiu a toda essa agitação?

— Meu amigo — falei. Tinha me esquecido totalmente de Matthew. — Aconteceu antes que ele chegasse. Nem ao menos tenho seu número de telefone. Ele provavelmente pensa que o deixei na mão.

— Bem, não se preocupe com isso. Se ele for o cara certo, irá compreender. E se não for, você não precisa dele.

— Eu não preciso dele, de modo algum — falei. — Não preciso de ninguém novo em minha vida neste momento. Se esta noite me ensinou algo, é que Charlotte precisa de mim. Ela já perdeu o pai — não posso partilhar ainda mais o meu tempo. Ela precisa de mim.

— Está bem, está bem — falou Roxanne, acalmando-me. — Eu entendo.

Nesse instante, o médico entrou no quarto.

— Senhora Cardall? — falou, olhando ora para Roxanne, ora para mim.

— Eu sou a senhora Cardall.

— Sou o doutor Hansen. Posso falar com você um instante?

— É claro.

O médico voltou-se para Roxanne.

— A sós.

— Está tudo bem — eu disse. — Ela é da família.

O médico aquiesceu.

— Apenas quero atualizá-la do que sabemos. Obviamente, ela teve uma convulsão, mas não acreditamos que esteja relacionada aos seus outros problemas de saúde. Eu voltei e revi seus registros, e gostaria de fazer mais alguns exames para verificar se podemos restringir as possibilidades mais um pouco. Estou particularmente preocupado com a dor abdominal que ela está sentindo.

Estava cansada de ouvir isso.

— Você não tem nem ao menos um palpite do que pode ser?

— São apenas palpites, mas quero examiná-la para o mal de Crohn e a doença de Whipple.

Meu coração parou.

— Algumas dessas doenças são mortais?

— Por favor, não estou dizendo que ela tenha alguma dessas doenças. Certos sintomas estão presentes, mas ainda é muito cedo para dizer. A doença de Whipple é uma infecção bacteriana rara, que afeta o sistema gastrointestinal. Mas pode se agravar sem tratamento apropriado e, se diagnosticada muito tardiamente, pode causar danos irreversíveis ao sistema nervoso central, mas a doença tem sido tratada com sucesso por meio de antibióticos, geralmente durante um ou dois anos.

Comecei a chorar. Roxanne pôs o braço ao meu redor.

— E o que é o mal de Crohn? — perguntou Roxanne.

— É uma doença intestinal que pode causar inflamação na parte interna do trato digestivo. Isso poderia explicar a dor abdominal.

— Ela é... — Roxanne me olhou e se deteve.

— Mortal? Não. O mal de Crohn provoca muitas dores e pode levar a enfermidades mais graves, mas certas terapias podem trazer alívio, e até mesmo uma remissão a longo prazo.

Nenhuma delas parecia boa. *Quanto mais ela precisa sofrer?*, pensei.

— Quando farão os exames? — perguntei.

— Gostaríamos de fazer alguns agora — falou —, enquanto ela ainda está no hospital.

— Precisamos saber o que está acontecendo. Não aguento mais.

— Para diagnosticar a doença de Whipple, precisamos realizar uma endoscopia superior, e, para o mal de Crohn, é necessário realizar uma colonoscopia. Iremos encaminhá-la para um gastroenterologista, que irá instruí-la sobre esses procedimentos.

— Esses exames são caros? — perguntei.

— Seu convênio deve cobrir.

Depois que Marc morreu, sua empresa manteve nosso plano de saúde, mas eu não tinha condições de arcar com a minha parte, e em janeiro parei de pagar.

— Nós não temos mais um plano de saúde — falei.

Roxanne tocou as minhas costas.

— Ray e eu podemos ajudar.

— Você não pode fazer isso — falei. — Pedirei um empréstimo.

O médico pareceu solidarizar-se.

— Vamos fazer o seguinte: realizaremos outro exame de sangue para ver se a anemia melhorou. Caso tenha melhorado, poderemos descartar a endoscopia. Adiaremos a colonoscopia até termos certeza de que não é a doença de Whipple.

— Obrigada — falei.

— De nada — falou o doutor Hansen. — Uma boa noite. — E afastou-se.

— Não aguento mais — falei para Roxanne. Pousei a cabeça em seu ombro e chorei.

CAPÍTULO

Quinze

*Não são as boas cercas que caracterizam
os bons vizinhos. São os bons corações.*

Diário de Beth Cardall

No dia seguinte, a equipe do hospital realizou outro exame de sangue em Charlotte. Apesar dos suplementos alimentares que ela vinha tomando nas últimas semanas, sua anemia não diminuíra, indicando a possibilidade tanto da doença de Whipple quanto do mal de Crohn. Tinha de me lembrar de que ainda não passavam de hipóteses. Marquei uma consulta com o gastroenterologista pediátrico que o doutor Hansen havia recomendado. Seu próximo horário livre seria em duas semanas.

No domingo de manhã, trouxe Charlotte de volta para casa. Entre as frequentes visitas das enfermeiras e minha preocupação com Charlotte, havia dormido muito pouco na noite anterior, e fui diretamente para a cama.

Pouco antes do meio-dia, a campainha soou. Era a minha vizinha, Margaret, sua filha Katie e um de seus seis filhos homens. Eles chegaram trazendo presentes: uma caçarola de frango com brócolis, um pão caseiro e uma torta de maçã. Katie trouxe um cartão de "Melhore Logo", que fez para Charlotte.

— Você não precisava fazer tudo isso — falei.

— Bobagem, é para isso que servem os vizinhos. Adoramos Charlotte.

— Ela é uma menininha muito querida. — Margaret ergueu o prato de vidro que carregava. — Podemos entrar?

— É claro. Obrigada.

Margaret e seu filho levaram a comida para dentro e a colocaram sobre o balcão. Charlotte estava no sofá, brincando de boneca, e se iluminou ao ver Katie. Katie estendeu-lhe o cartão.

— Você que fez? — perguntou Charlotte.

Katie balançou a cabeça, confirmando.

— Eu pintei os desenhos, também.

— Que bonito.

O garoto apenas permaneceu ali, ao lado da comida, educado, mas aparentemente entediado.

— Vocês descobriram o problema? — sussurrou Margaret.

— Não — respondi. — Ainda não.

Margaret tocou o meu braço.

— Sinto muito. Vocês estão em nossas preces, e se precisarem de algo, é só chamar; eu tenho uma casa cheia de babás.

— Você é muito gentil — falei, genuinamente tocada por sua generosidade.

— Vamos, Katie, hora de ir. Charlotte precisa descansar.

Margaret pastoreou seus filhos até a porta, e, uma vez do lado de fora, Katie e o irmão correram para casa. Margaret deteve-se.

— A propósito, pouco depois de você sair na sexta-feira, um jovem veio até a sua casa. Ele nos avistou no quintal, aproximou-se e perguntou se tínhamos visto você. Eu disse a ele o que acontecera, falei da ambulância e tudo o mais, espero que não se importe. Ele parecia um homem bom. Pediu-me para dizer-lhe que voltará na semana que vem. Creio que disse que seu nome era Matthew.

— Obrigada — agradeci. — Nós tínhamos... — senti-me subitamente constrangida. — Um compromisso.

— Bem, ele pareceu muito preocupado quando falei de Charlotte, por isso imaginei que fosse alguém próximo.

— É apenas um conhecido — falei. — Mas obrigada.

— Espero que goste da caçarola. É o prato favorito de George, mas algumas pessoas não fazem questão do brócolis.

— Eu amo brócolis — respondi. — Eu devia comer mais vezes.

— É isso que digo às crianças. Não ajuda muito o fato de nosso novo presidente odiar brócolis.

— Creio que nem todos são fãs.

— Etiquetei os pratos com fita adesiva. Não se preocupe em trazer de volta. Mandarei uma das crianças apanhá-los daqui a alguns dias.

— Obrigada. Você é muito gentil.

— Só estou cumprindo o papel de vizinha — falou. — Tenha um bom sábado.

Observei-a se dirigir até a calçada, acenei mais uma vez e fechei a porta. Era um verdadeiro privilégio ter comida caseira preparada por alguém. Tirando o lanche do McDonald's ou o café do hospital, não me lembro da última vez em que comera uma refeição preparada por outra pessoa.

— Está com fome, Char?

Balançou a cabeça.

— Meu estômago dói quando como.

— Apenas um pouquinho, está bem?

Ela se aproximou, obediente.

— Está bem.

Tinha acabado de colocar a mesa e dado algumas garfadas, quando a campainha soou.

— Já volto — falei para Charlotte.

Abri a porta, e vi Matthew parado na varanda.

— Sua vizinha me contou que viu uma ambulância por aqui — ele disse.

— A Charlotte está bem?

— Sim. — Tirei o cabelo do rosto. — Como você sabe o nome da minha filha?

— Sua vizinha me contou.

— Desculpe-me pela outra noite. Tivemos de correr com ela até o hospital.

— Entendo perfeitamente. O que aconteceu?

— Ela teve uma convulsão.

— Sinto muito — falou. — De verdade.

— O fato é que, se eu não estivesse aqui, não sei o que poderia ter acontecido. — Olhei-o com tristeza. — Não posso me arriscar com ela desse jeito.

— O que quer dizer?

— Desculpe. Sei que aceitei sair com você, mas simplesmente não é o momento apropriado. Não agora.

Como antes, ele parecia indiferente à minha recusa.

— Quantos anos ela tem?

— O quê?

— Quantos anos ela tem agora?

— Seis anos.

— Seis — repetiu —, você não sabe... — e interrompeu a frase no meio. — Ela comeu alguma coisa antes da convulsão?

Não conseguia entender por que ele me perguntava isso.

— Ela estava jantando.

— O que ela comia?

— Macarrão instantâneo.

Aquiesceu.

— Claro. Beth, você precisa confiar em mim, isso é muito importante. Quero que diga aos médicos que você acha que Charlotte tem doença celíaca. Você já ouviu falar dessa doença?

— Não.

— A doença celíaca é uma reação alérgica ao glúten. A convulsão pode ter sido provocada pelo macarrão instantâneo. Ela provavelmente está perdendo peso e se recusa a comer ultimamente, não é?

— Como você sabe disso?

— Isso são sintomas da doença. Não importa o que faça, não a alimente com produtos que contenham glúten.

— Eu não sei o que é glúten.

— É uma proteína encontrada em grãos, como o trigo, o centeio e a cevada. Apenas confira os ingredientes listados na embalagem. Apenas não a alimente com trigo, centeio ou cevada. Prometa-me.

Olhei-o intrigada.

— Você é médico?

— Não, eu apenas tenho bastante experiência com isso.

Não sabia o que pensar.

— Eu agradeço a sua ajuda, mas você jamais viu minha filha. Vários médicos que a examinaram não conseguiram descobrir o que ela tem. Acreditam que Charlotte possa ter a doença de Whipple ou o mal de Crohn.

— Não, ela não tem essas doenças — disse, de modo determinado. — Ela tem doença celíaca. Os médicos costumam se enganar no diagnóstico dessa doença. — Sua expressão tornou-se mais grave. — Beth, não fique no caminho do bem-estar de Charlotte. Não estou pedindo a você que dê um grande salto de fé. Apenas tente fazer o que recomendei por alguns dias, e veja se ela melhora. É isso. Se funcionar, continue seguindo minhas recomendações por uma semana. Você não tem nada a perder. Charlotte não tem nada a perder.

— Eu preciso consultar um médico antes.

— Ótimo, consulte seus médicos. Diga-lhes que você acha que se trata de doença celíaca e veja o que dizem. — Apanhou uma caneta no bolso de seu casaco. — Você tem um pedaço de papel? — Antes que eu pudesse responder, encontrou um panfleto para remoção de neve que alguém deixara na varanda. Pegou o papel e escreveu no verso, soletrando as letras enquanto as anotava:

— D-o-e-n-ç-a c-e-l-í-a-c-a. Doença celíaca. — Depois, me entregou o papel. — Os médicos saberão o que é. Acredite. Tudo ficará bem. Eu prometo. — Olhou para mim por um momento, e então falou: — Estarei fora por um tempo. Algumas semanas, talvez. Mas eu volto. — E virou-se.

Algo em sua promessa me enraiveceu.

— Você não pode me prometer que tudo ficará bem — falei, amarga. — Não é uma promessa que poderá cumprir.

Ele se voltou para mim com um sorriso peculiar e inteligente.

— Você ficaria surpresa com as promessas que posso cumprir.

Caminhou até o meio-fio onde estacionara o carro, um Fusca velho.

Permaneci em silêncio na varanda, vendo-o se afastar. Abriu a porta, e gritou para mim:

— Acredite, Bethany. Acredite. — Entrou no carro, e partiu.

CAPÍTULO
Dezesseis

Como ele sabia?

✦ Diário de Beth Cardall ✦

Acho que me senti como o rei Naamã da Bíblia, quando foi instruído pelo profeta Eliseu a se lavar no rio Jordão por sete vezes, pois assim seria curado. Francamente, eu não sabia o que pensar. Não tinha razão nenhuma para confiar naquele homem, mas fui tomada pela firmeza de sua convicção. Fechei a porta e voltei para a cozinha. Charlotte estava à mesa, passando manteiga de modo desajeitado em um pedaço de pão. Olhei-a por um instante e falei:

— Querida, não vamos comer isso.

— Por quê?

— Eu só quero testar uma coisa. Teremos muito cuidado com o que comermos nos próximos dias. Está bem?

— Está bem.

— Deixe que eu pego outra coisa para você. — Olhei a comida que Margaret trouxera. A caçarola, o pão, a sobremesa. Tudo tinha trigo. Abri uma lata de pêssegos e entornei-os em um prato fundo.

— Aqui está, querida.

— Obrigada, mamãe.

Enquanto Charlotte terminava de comer, fui para o quarto, tranquei a porta e liguei para o hospital. O doutor Hansen, que cuidara de Charlotte na sexta-feira, estava de plantão, mas se encontrava ocupado com um paciente.

Deixei meu telefone com uma enfermeira. Só muitas horas depois, enquanto punha Charlotte para dormir, é que o telefone tocou. Dei-lhe um beijo de boa noite, e atendi a ligação. Era o doutor Hansen retornando meu telefonema.

— Doutor, não sei se se lembra de mim. Cheguei na sexta-feira à noite, com a minha filha pequena, Charlotte. Ela tinha sofrido uma convulsão.

— Claro. Como ela está?

De repente, senti-me um pouco estranha.

— Ela está mais ou menos na mesma. Espero que não pense que estou louca, mas um amigo acha que sabe o que pode estar errado. — Olhei para o papel em que Matthew fizera sua anotação. — Ela poderia estar com doença celíaca?

O médico ficou em silêncio por um instante. E, então, disse:

— Isto explicaria os problemas no estômago e a perda de peso. Existe mesmo um estudo que relaciona a doença celíaca com convulsões. Seu amigo pode estar certo.

Francamente, não esperava por essa resposta.

— Ah. Então o que devo fazer?

— A doença celíaca é uma enfermidade autoimune desencadeada pelo glúten, uma proteína muito comum em nossa dieta. É encontrado em alimentos como pão, massas e biscoitos — qualquer coisa feita de trigo, cevada e outros tipos de grão. Se eu fosse você, passaria uma semana sem lhe dar alimentos com glúten e veria o que acontece. Você tem um pediatra?

— Sim. O doutor Benton, da Clínica Mid-Valley.

— Ele poderá dar mais informações a respeito da doença. Vamos torcer para que seja isso.

— Obrigada, doutor.

— De nada. Tenha uma boa noite. — E desligou.

Não esperava por isso, pensei.

Na segunda-feira, Charlotte e eu ficamos em casa. Sentei-me e fiz uma lista de alimentos que ela podia comer. Planejar um cardápio sem glúten era como construir uma casa sem madeira — pode ser feito, mas exige certo planejamento.

Charlotte não teve dor de estômago o dia todo, e naquela noite ela parecia mais ativa que de costume. Na manhã seguinte, acordei com ela sentada em nossa cama. Era a primeira vez em mais de um ano que eu não precisava acordá-la.

— Posso assistir a um desenho?

Esfreguei meus olhos e espantei o sono, surpresa por ser acordada por outra coisa que não fosse o meu despertador.

— Faz quanto tempo que você está acordada?

— Não sei.

Olhei para o relógio. Faltavam oito minutos para as sete horas.

— Como está se sentindo, querida?

— Bem.

— Nenhuma dor de cabeça ou de barriga?

Balançou a cabeça.

— Não. Posso ver?

— Sim, você pode.

Levantei-me e liguei a televisão para ela, em seguida desliguei o despertador antes que ele disparasse. Após tomar banho e me vestir, preparei o café da manhã para Charlotte. Por força do hábito, coloquei uma fatia de pão na torradeira, mas detive-me e, em vez disso, preparei ovos mexidos.

Enquanto comia, liguei para o escritório do doutor Benton. A clínica não abriria antes das nove, e eu esperava apenas deixar uma mensagem, mas felizmente o doutor Benton chegara cedo aquela manhã e atendeu o telefone.

Relatei-lhe a nossa visita emergencial ao hospital e, em seguida, com um pouco mais de confiança, perguntei-lhe se a indisposição de Charlotte poderia ser doença celíaca.

— Faz sentido — disse. — Eu devia ter pensado nisso. Mas não seria a primeira vez que um médico deixa isso passar. A doença celíaca é difícil de diagnosticar.

— Quais são os sintomas?

— Quando alguém com doença celíaca come algo que contenha glúten, essa proteína provoca uma reação que danifica o intestino e deixa o corpo incapaz de absorver nutrientes, o que, é claro, conduz a toda uma série de problemas graves — perda de peso, anemia, desnutrição, convulsões e até mesmo câncer.

— Câncer?

— É possível, caso não seja tratada. Espere um segundo, acho que tenho material aqui sobre a doença. — Afastou-se do telefone por um instante, voltando em seguida. — Os sintomas da doença celíaca incluem problemas gastrointestinais, como diarreia, dores abdominais e inchaços. Outros sintomas secundários incluem irritabilidade, anemia, irritações de estômago, dores nas articulações, erupções na pele etc. A doença celíaca pode provocar má absorção, cujos sintomas são perda de peso, atraso no crescimento, convulsões, fadiga e fraqueza.

— Parece a Charlotte — falei, brandamente. — Então, qual é o tratamento?

— Bem, é simples, mas difícil: não coma alimentos que contenham glúten. Se puder vir à clínica, tenho alguns panfletos sobre a doença celíaca que você achará úteis. Um deles traz inclusive algumas sugestões de planejamento alimentar.

— Vou tentar passar aí à tarde.

— Bom. Assim, espero que desvendemos o que Charlotte tem, para deixá-la melhor.

— Obrigada, doutor. — Estava prestes a desligar, quando o médico perguntou:

— A propósito, como você descobriu?

— Um amigo meu disse que tinha muita experiência com isso.

— Bem, você deveria fazer um bolo para ele — respondeu, acrescentando: — Apenas se certifique de que Charlotte não coma nenhum pedaço.

Desliguei o telefone. *Curioso, curioso.*

CAPÍTULO
Dezessete

*Einstein afirmou que a coisa mais bonita
que podemos vivenciar é o mistério.
Talvez por isso Matthew seja tão bonito para mim.*

✦ Diário de Beth Cardall ✦

O sol havia se posto fazia uma hora quando Roxanne passou em casa para uma visita. Depois de Charlotte ir para a cama, fomos até a cozinha. Fiz um café descafeinado para nós, e sentamo-nos à mesa.

— Charlotte parece estar melhor.

— E está. Estamos tentando uma dieta nova. Os médicos acham que ela possa ter alergia a glúten.

— Finalmente pensaram em algo. Quando descobriram isso?

Beberiquei o café.

— Aí é que está; *eles* não descobriram. Foi o Matthew.

— Matthew? O senhor galã de novela?

— Esse mesmo. Ele passou aqui no último domingo. Eu ainda estava um pouco assustada com o que acontecera na sexta-feira, e expliquei para ele por que não era um bom momento para vê-lo. Foi quando ele me disse que Charlotte tem essa doença celíaca, e é alérgica a glúten.

— Como ele sabia disso?

— Não faço ideia.

— Mas ele tinha razão.

Ergui os ombros.

— Ela não tem reclamado de dores de cabeça ou de estômago desde que mudei sua dieta. Há anos não a vejo tão animada, e a cor de sua pele se modificou. Parece sadia de novo.

— Isso é fantástico.

Balancei a cabeça.

— Falando sério, Rox. Foi tão curioso.

— Como assim?

— Bem, ele não parecia estar dando um palpite sobre a doença, era como se soubesse o que havia de errado. Ele estava tão confiante. Na verdade, ele me perguntou algo um pouco estranho.

— O quê?

— Ele perguntou a idade de Charlotte. Pensei que fosse uma curiosidade boba, mas quando lhe disse, ele falou: "Seis, você não sabe...". E parou no meio da frase. É esquisito, mas achei que ele fosse dizer "você não sabe *ainda*". — Dei outro gole no café. — Não sei o que pensar.

— Talvez ele seja um anjo — Roxanne falou, e continuou: — Sem dúvida nenhuma, ele se parece com um.

Revirei os olhos.

— Liguei para o hospital para perguntar se poderia ser essa tal de doença celíaca, e o médico ficou impressionado com o palpite. E então, ontem, telefonei para o doutor Benton e fiz a mesma pergunta a ele. Ele confirmou que havia uma grande possibilidade de ser doença celíaca.

— Que coisa maluca. E eles prescrevem remédios para isso?

— Não, é uma reação alérgica ao glúten, por isso é necessário modificar a dieta de Charlotte.

— O que é glúten?

— Fiz essa mesma pergunta. É uma proteína encontrada em grãos, como o trigo.

— Quer dizer que ela não poderá comer nada que seja feito com farinha de trigo? Nenhum biscoito, bolo ou pizza?

— Não.

Roxanne franziu a testa.

— Isso é terrível.

— Menos terrível do que o que ela tem passado. E ao menos é contornável. Se não for tratada, pode causar câncer e uma série de outros problemas, incluindo convulsões. É possível que seja isso que aconteceu na sexta-feira quando dei a Charlotte aquele prato de macarrão instantâneo, a comida provocou a convulsão. Lá estava eu, tentando fazer com que comesse todos aqueles carboidratos para que ganhasse mais peso, e tudo o que estava fazendo era envenená-la. Merecia o Prêmio de Mãe do Ano.

— Garota, você é a melhor mãe que conheço. Você não sabia. Nem os médicos sabiam. Então, talvez o senhor Bonitão secretamente seja um médico.

— Você disse que ele era um anjo.

— Talvez seja os dois. Não importa o que ele seja, você está em dívida com ele. O que irá fazer para agradecer?

— Não sei — respondi, pousando a cabeça em minhas mãos. — Não pensei nisso ainda.

— Bem, é melhor começar a pensar nisso. Quando vocês se encontrarão novamente?

— Também não sei. Ele disse que ficaria fora da cidade por um tempo. E que voltaria em duas semanas.

— Ótimo — afirmou Roxanne. — Assim você terá tempo de pensar em alguma maneira de agradecer. E, amiga, é melhor que seja algo bom. Se deixar ele escapar de seu anzol, revogarei sua autorização de pesca.

CAPÍTULO

Dezoito

*Hoje, Matthew conheceu Charlotte.
Havia uma energia palpável entre os dois.
Não sei se isso me agrada ou me preocupa.*

— Diário de Beth Cardall

Matthew não apareceu naquela semana e, ao final da semana seguinte, comecei a me preocupar de que poderia não voltar. Roxanne continuava me assegurando de que ele retornaria, mas creio que também estivesse receosa.

Depois de tudo que fizera para afastá-lo, surpreendi-me por me sentir tão desapontada.

O lado bom era que Charlotte só melhorava. Voltou à escola, e a sua professora, a senhorita Rossi, me parou no estacionamento, depois das aulas, para dizer quão miraculosa havia sido aquela mudança.

— Ela é uma nova menina — disse. — Meu único desejo é que ela possa compartilhar parte dessa energia.

Na tarde da quinta-feira, eu estava na sala, lendo, quando um BMW azul-marinho com anúncios de venda estacionou na entrada de minha garagem. Com exceção do dono da lavanderia, não conhecia ninguém com um carro bonito daqueles, por isso achei que ele só estava ali para fazer um retorno, mas o carro parou. A porta do motorista se abriu, e Matthew apareceu. Vestia calças de veludo cor de canela, uma grossa jaqueta de couro e óculos escuros. Parecia que acabara de sair de uma revista de moda masculina. Vê-lo me deixou feliz.

Pousei meu livro e fui encontrá-lo na porta, antes que tocasse a campainha. Ele retirara os óculos.

— O que aconteceu com seu Fusca? — perguntei.

— Troquei por um melhor — falou. — O calhambeque vivia quebrando.

— É bom ver você — falei.

Ele sorriu.

— Fico feliz por ouvir isso. Como estão as coisas? Como está Charlotte?

Coloquei as mãos na cintura.

— Ela está indo bem. Na verdade, maravilhosamente bem. Mas creio que você já sabia que ela iria melhorar.

— Eu já sabia? Não. Mas tinha esperança.

— Esperança — repeti. — Era o que me faltava, ultimamente. Não sei como agradecer. Minha amiga Rox disse que é melhor que seja uma recompensa muito boa. — Ele sorriu.

— Você deveria dar ouvidos a ela. Então, deixe-me pensar. Qual é a melhor maneira de agradecer um homem que provavelmente salvou a vida de sua filha? Minha cabeça está girando.

Inclinei a minha cabeça.

— Com razão.

— Bem, considerando as recentes mudanças de circunstâncias, se o seu decreto proibindo encontros tiver sido suspenso, sairmos juntos uma vez será suficiente.

— Com prazer. Quando você gostaria de sair?

— Você disse que os fins de semana são bons. Que tal amanhã à noite?

— Preciso encontrar uma babá.

— Charlotte pode vir — ele falou.

— Não, prefiro deixá-la fora de meus encontros. Acho que seria confuso para ela.

Ele aquiesceu.

— Sábio.

— Então, o que quer fazer? — perguntei.

— Qualquer coisa. Apenas passar um tempo com você. Jantar e conversar está ótimo.

— Está ótimo para mim, também. Você deveria me passar seu telefone, apenas para o caso de algo acontecer novamente.

— Infelizmente não tenho telefone. Mas posso ligar para você, se me der o seu número.

— Vou anotar. Pode entrar por um momento?

— Claro. — Ele me seguiu até o vestíbulo.

— Você pode esperar aqui. Minha cozinha está um pouco bagunçada.

— Sem problemas.

Encontrei uma caneta na cozinha, mas ela não funcionava, por isso vasculhei as gavetas, à procura de alguma outra coisa com que pudesse escrever, e terminei achando um giz de Charlotte. Encontrei um bloco de notas na copa, e rabisquei meu número de telefone. Enquanto voltava para o vestíbulo, vi Charlotte perto de Matthew. Ele estava agachado, e afastava-se dela, como se a tivesse tocado ou abraçado. Não sabia ao certo o que eu vira.

— Charlotte — falei. — Pensei que estivesse na cama, querida.

— Ouvi a porta abrindo — falou. — Vim para ver quem estava aqui.

Olhei para ela e depois para Matthew. Não conseguiria explicar, mas havia uma estranha energia. Como a luz era tênue, não pude afirmar, mas os olhos de Matthew pareciam marejados.

— Matthew, esta é a minha filha Charlotte.

Ele estendeu a mão para ela.

— Prazer em conhecê-la, Charlotte. Sou Matthew.

— Prazer em conhecer, Matthew.

— Senhor Matthew — falei. — Agora volte para a cama.

— Está bem. — Ela acenou para ele. — Tchau, senhor Matthew.

— Boa noite, Charlotte.

Correu de volta para o quarto.

— Ela é uma menina muito meiga — falou para mim. — Ela parece bem.

— Graças a você.

— Ela será uma mulher muito bonita algum dia. Eu garanto. — E então, voltou-se para mim. — Como a mãe.

— Obrigada. — E entreguei o papel para ele. — Aqui está. O número de cima é o de casa, e o de baixo, da lavanderia.

— Eu ligo amanhã.

— Vou esperar.

— Bem, boa noite. — E virou-se para partir.

Quando se afastou da porta, falei:

— Matthew.

— Sim.

— Como você sabia? Sobre Charlotte? Ergueu os ombros.

— Foi um palpite de sorte.

— Mas você não deu um palpite. Você me disse para confiar no que dizia.

Ele me olhou um momento.

— Reconheci os sintomas por tudo que me contou. — E acenou. — Boa noite, Beth.

— Boa noite, Matthew.

Quando entrou no carro, fechei a porta e me recostei nela. Havia algo de misterioso naquele homem. Algo encantador, mas misterioso. O que eu não estava vendo?

CAPÍTULO

Dezenove

*Alguns relacionamentos exigem algumas marteladas para se assentarem, enquanto outros deslizam sem esforço no lugar, como se fossem feitos sob medida. Matthew assenta tão confortavelmente quanto
um par de mocassins Hush Puppy.
(Rox certa vez me disse que o nome dessa marca,
Hush Puppy, ou "Psiu Filhote", surgiu quando o presidente da empresa de calçados estava comendo um prato do Sul feito de milho frito, o "hush puppy",
e perguntou à garçonete por que eles se chamavam assim. Ela respondeu: "Porque os fazendeiros o atiram aos cães labradores para que se acalmem".
"Cães labradores" era, na época, uma gíria
para pés cansados, e assim nascia uma ideia.
Ou talvez Rox tenha inventado tudo isso.
Com ela, nunca se sabe ao certo quando a verdade termina e quando a imaginação começa.)*

✦. Diário de Beth Cardall .✦

Liguei para Roxanne assim que Matthew saiu para ver se Jan poderia ficar de babá. Como imaginava, sentiu-se aliviada por saber do retorno dele.

— Eu sabia que ele voltaria — falou. — Eu disse, não?

— Certa como sempre — falei.

— Bem, faça chuva ou faça sol, você vai sair com esse homem. Jan saiu com amigos, mas se ela não puder ficar de babá, apenas traga Charlotte. Ray e eu estaremos por aqui.

— Obrigada, Rox.

— É um prazer, querida. Adoro um romance novo. A chama de minha vela pode estar fraquejando, mas ainda posso me aquecer com a sua.

Jan não estava ocupada na sexta à noite e, apesar do que ocorrera com Charlotte, ficou feliz em cuidar dela. Chegou um pouco mais cedo, como de costume. Abracei-a na porta.

— Não lhe agradeci por sua ajuda, na última vez.

— Fiquei contente em ajudar. E assustada, também.

— Somos duas.

— Onde está nossa menina?

— No quarto.

— Não mais — falou Jan enquanto Charlotte corria em sua direção.

— Jan!

— Oi, querida. Uau, você parece tão cheia de gás quanto uma garrafa de refrigerante chacoalhada. Onde conseguiu tanta energia?

— Tenho doença celíaca — falou.

— Você o quê?

— Ela é alérgica a trigo — falei. Fiz uma lista para você das coisas que ela pode comer. Você se incomoda se eu voltar tarde?

— Sem problemas, senhora C. Preciso escrever uma redação.

— Quer brincar com a Molly? — perguntou Charlotte.

Jan segurou sua mão.

— Você sabe que quero.

As duas saíram correndo. Fui até o espelho para ver como eu estava, e alguns minutos depois o carro de Matthew parou na entrada. Veio até a porta segurando um pequeno buquê de flores, que entregou para mim.

— Margaridas — falei. — Eu adoro margaridas. Obrigada. Vou deixá-las na água. Entre.

Enquanto esperava por mim, Charlotte voltou até a porta, puxando Jan atrás dela.

— Este é o novo amigo da minha mãe. Oi, senhor Matthew.

— Oi, senhorita Charlotte — falou Matthew.

— Sou a Jan — disse. — A babá de Charlotte.

— Então você é a Jan — ele disse, com um leve sobressalto. — Ouvi falar muito de você.

— Sério? Quem falou?

Seguiu-se uma pausa constrangedora, então ele falou para Charlotte:

— Eu trouxe algo para você. Você gosta de bombom de amendoim?

— Sim.

— É todo seu. Sem glúten.

— Obrigada, senhor Matthew.

— Tenham uma boa noite. Foi um prazer conhecê-la, Jan.

Coloquei as flores em um vaso, e então voltei para o vestíbulo:

— Jan, estamos indo. A hora de dormir é às nove.

— Divirtam-se — ela disse. — E não se preocupem com nada.

— Você está levando a mamãe para jantar? — Charlotte perguntou a Matthew.

Ele se agachou para ficar na sua altura.

— Sim, estou. Tudo bem?

— Não faça ela chorar.

— Está bem — falei —, vamos parar com isso.

Matthew deu-lhe uma piscadela.

— Prometo que vou tentar.

— Boa noite, querida — falei, e beijei-a. — Vá para cama quando Jan mandar.

Matthew e eu saímos, e caminhamos até o carro.

— Desculpe por aquilo — falei, quando a porta se fechou. — Ela é um pouco protetora.

— Fico imaginando de onde ela tirou isso — respondeu.

— E, então, subornando uma criança com doces. Está tentando fazer com que ela goste de você?

— Se funcionar.

— Ah, a propósito — falei. — Não a faça chorar.

Ele sorriu.

— Farei o melhor que puder. — Abriu a porta para mim, contornou o carro e entrou. — Espero que esteja com fome. Fiz reservas em um pequeno restaurante chamado Five Alls.

Olhei-o, surpresa.

— É o meu restaurante favorito.

— Ótimo — disse. — Então, se a minha companhia for ruim, ao menos irá desfrutar da comida.

✦

Five Alls é um charmoso restaurante de temática inglesa, em Foothill Drive, na parte leste do vale de Salt Lake. Fora cenário de algumas de minhas melhores lembranças: meu primeiro baile, meu noivado com Marc, nosso primeiro aniversário e o primeiro dia de aula de Charlotte.

A *hostess* nos conduziu a uma pequena mesa para dois, em um ambiente isolado nos fundos, perto de uma lareira.

— Em todos os anos em que vim a este restaurante, jamais me sentei aqui — falei.

— É um pouco mais reservado — comentou. — Perfeito para conversar.

Alguns minutos depois, a garçonete voltou à nossa mesa. Ficou imediatamente atraída por Matthew.

— Meu nome é Samantha. Cuidarei de tudo esta noite — falou, olhando apenas para ele.

Isso é o que você pensa, ponderei.

— Olá, Samantha — saudou Matthew. — E então, o que você recomenda esta noite?

— Tudo está bom — ela disse. — Aqui estão os cardápios. Temos alguns pratos especiais hoje. Alabote empanado, com caranguejo e molho holandês, um dos meus favoritos, e filé roquefort, feito com cento e cinquenta gramas de filé-mignon coberto de bacon, queijo roquefort e molho à base de vinho da Borgonha. E de sobremesa temos a nossa torta inglesa da estação e pudim de pão com uvas-passas.

— Parece delicioso — falei, deixando que ela soubesse que eu estava lá. — Obrigada.

Ela olhou-me furtivamente.

— Deixarei que examinem o cardápio. Posso trazer alguma bebida?

— Vou querer um cálice de vinho Merlot — falei.

— E eu a mesma coisa — pediu Matthew.

— Muito bem. Já volto. — Samantha sorriu novamente para Matthew e afastou-se.

Quando saiu, falei:

— Isso foi estranho.

— O quê?

— O modo como ela estava bajulando você.

— Você está imaginando coisas. E então, o que vamos pedir?

Peguei o cardápio para escolher, mesmo que sempre pedisse a mesma coisa.

De repente, Matthew falou:

— Espere, posso pedir para você?

Olhei para ele.

— Você quer escolher por mim?

— Claro. Sou um pouco experiente nisso.

Fechei o cardápio.

— Está bem. Vamos ver como se sai.

Depois de um momento, a garçonete retornou com nossas bebidas. Virou-se para mim.

— Já sabem o que vão querer?

— Pergunte a ele — falei. — Ele está no comando.

— Sim, já sabemos. Minha amiga vai querer o filé roquefort, no ponto, a batata assada com creme de leite e cebolinha, a entrada de melão com presunto cru e a salada da casa com molho roquefort... espere... molho mil ilhas? — olhou para mim. — Não, molho roquefort.

A garçonete voltou-se para mim, para confirmar. Ele acertara na mosca, até mesmo na escolha do molho.

— É isso que vou querer.

— E você, senhor?

— Vou querer patas de caranguejo, batatas assadas com a guarnição Norshire e o creme de cogumelos. E molho roquefort na minha salada.

— Muito bem — respondeu. Recolheu nossos cardápios e se afastou.

— Parece que você já esteve aqui antes — falei.

— Algumas vezes. E então, como me saí?

— Foi muito ousado pedir carne vermelha para uma mulher. Sorriu.

— Você parece uma mulher que pode dar conta de carne vermelha.

— Não sei o que isso significa, mas vou considerar um elogio. Sim, você se saiu bem. É o que sempre peço. E então, você é paranormal?

— É uma espécie de truque — respondeu. — Falando nisso, conte-me sobre você.

Dei risada.

— Não acredito que tenha usado isso para mudar de assunto. Então seus poderes paranormais não informaram tudo sobre mim. O que gostaria de saber?

— Como é trabalhar numa lavanderia?

— Sério? É isso que quer saber?

— Por que não?

— Está bem. É um trabalho. Nada emocionante, mas que paga as contas, e consigo lavar as minhas roupas de graça. E se realmente vestisse roupas boas o suficiente que precisassem de lavagem a seco, seria uma mão na roda.

— Entendo por que você trabalha lá — ele comentou.

— Agora você está sendo cruel. E então, o que você faz?

— Eu a persigo, basicamente. E diagnostico doenças enigmáticas.

— Acredito em você.

— Na verdade, estou entre um trabalho e outro, no momento.

— E acabou de comprar um BMW?

— Tenho estabilidade financeira.

— Isso é bom — falei. — E o que você fazia quando estava empregado?

— Era consultor financeiro. Ajudo uma clientela privilegiada com sua carteira de valores. Pessoas como você.

— Como eu, sem dúvida. Tenho uma pergunta. A primeira vez que nos vimos...

— A cabeçada — falou.

— Isso. A cabeçada. Fiquei imaginando o que um homem como você estaria fazendo sozinho em uma loja de conveniência na manhã de Natal.

— Um homem como *eu*?

— Um homem muito bonito e bem-apessoado.

— Eu poderia perguntar a mesma coisa a você, tirando a parte do "homem".

— Precisava comprar leite de manteiga.

— Bem, além de procurar alguém para dar uma cabeçada, a resposta não é assim tão interessante. Havia acabado de me mudar para Utah, e não tinha feito compras ainda, e fiquei sem café. Como era Natal, fui ao único lugar que supunha estar aberto. E então, *voilá*, este anjo aparece e me transforma em um bobo gaguejante que dá cabeçadas.

— Claro, claro, eu parecia um anjo.

— Mais do que imagina.

— Você tem família?

— Meus pais moram em Toledo, Ohio. Tenho um irmão mais novo que vive em Maryland. Ele é muito esperto. Fala sete línguas e trabalha para a Agência Nacional de Segurança. — Ergueu seu cálice e sorriu para mim. — Tenho quase certeza de que é um espião, mas ele não admite. Na verdade, esperava passar o Natal com meus pais, mas este ano isso simplesmente pareceu um pouco... — parecia procurar a palavra certa — longe demais.

A garçonete apareceu com um jarro d'água e encheu nossos copos. Sorriu para Matthew.

— Voltarei com as entradas.

— Obrigado — falou.

Inclinei-me para a frente.

— Não me leve a mal, mas é difícil acreditar que um homem bonito e persistente como você não seja casado.

A jovialidade de sua fisionomia desapareceu.

— Eu já fui — disse, simplesmente.

— Foi?

Sua expressão alterou-se.

— Eu a perdi. Ela morreu de câncer.

— Sinto muito — falei.

— Eu também — disse, com tristeza. — Ela era tudo para mim. Doce, inteligente, bonita. — E deteve-se, tomado pela emoção.

— Sinto muito, deve ter sido muito doloroso.

Quando voltou a falar, ele disse:

— Foi como ter o coração arrancado e ainda precisar viver. — Ele inspirou profundamente, depois expirou. — Mas você entende, não é? Você perdeu seu marido para o câncer.

— Não sei — falei. — Não foi a mesma coisa.

— Por quê?

Franzi a testa.

— Eu não sei quanto gostaria de compartilhar.

— Está tudo bem — ele disse. — Quanto estiver à vontade.

Contemplei os olhos de Matthew e tudo que vi foi compaixão.

— Descobri que ele me traía. Apenas algumas semanas depois disso, ele foi diagnosticado com câncer terminal. Por esse motivo, fiquei com ele. Eu até mesmo o perdoei. As coisas entre nós foram boas até poucas semanas antes de ele morrer, quando confessou ter tido muitos casos. Quase uma dúzia.

Matthew suspirou.

— Um traidor compulsivo. Sinto muito.

— É, eu também — falei, surpresa por me abrir tanto. — O fato é que eu mal desconfiava. Vivia em uma terra de fantasia, onde a vida era boa e a família era o que me bastava. Acho que estava errada.

Matthew balançou a cabeça.

— Você não estava errada. A família é o que basta. — E olhou-me nos olhos. — E como você está?

Respirei fundo, expirando devagar.

— O fato é que juras quebradas são como espelhos despedaçados. Deixam sangrando os que se atinham a eles, e os deixam contemplando imagens fraturadas de si mesmos.

— Isso é muito poético.

— Um coração partido cria essas coisas.

Naquele instante, a garçonete chegou, carregando um grande prato.

— Aqui está o *couvert*. Almôndegas suecas, molho de ervas europeias, patê de mexilhões e uma batida de banana para limpar o paladar. Voltarei num instante com suas saladas.

Quando se afastou, dei um gole no vinho, e usei um garfo pequeno para pegar uma almôndega do prato de estanho.

— Eu adoro isso — Matthew falou, observando-me.

— Quem não gosta? — respondi. — Adoro vir aqui. — Terminei de mastigar e falei: — E então, não sei ao certo a sua idade. Em que ano você se formou?

Abaixou a cabeça por um instante.

— Bem, na turma de... oitenta?

Sorri.

— Isso me pareceu um palpite. Tem certeza?

— Absoluta.

— Então sou mais velha que você.

— Quanto? — perguntou.

— Dois anos.

Coçou o queixo.

— Você é velha.

— Ainda dá tempo de voltar atrás — falei.

— Acho que não. Nós já fizemos os pedidos.

Sorri.

— E então, sabe do que mais sinto falta dos velhos tempos?

— Ainda somos jovens demais para falar em *velhos tempos* — respondeu.

— Está bem. Dos anos setenta, então. Sinto falta da música daquele tempo. Era divertida. Nada de rap, dessa coisa contra a polícia.

— Eu gosto de rap — ele comentou. — Ao menos de alguns. Mas você está certa, a música era mais inocente naquele tempo.

— Qual era a sua banda favorita?

Ele mergulhou um pedaço de pão no molho de mexilhões.

— Não sei se tinha uma favorita. Sou bastante eclético. E você?

— Vamos ver. Queen, Supertramp, Peaches and Herb*.

— Peaches and Herbs? — disse, rindo. — É um nome que combina com você.

— Eles são o máximo. Você se lembra, não é? — comecei a cantar. — *"Reunited, and it feels good..."*

Ele deu risada.

— Acho que perdi essa.

— Perdeu mesmo. É claro, como todo mundo, eu era completamente apaixonada pelos Bee Gees. E você?

Balançou a cabeça.

— Não estou familiarizado.

Fitei-o incrédula.

— Os Bee Gees?

Ergueu os ombros.

— Os Bee Gees — falei novamente, como se ele não tivesse me ouvido. — Você sabe, os irmãos Gibb. *Embalos de sábado à noite*?

Continuou me fitando sem esboçar reação.

— Como assim? "Staying alive", "Night fever", "Too much heaven", nada disso é familiar para você?

— Não.

---

* "Pêssegos e Ervas". (N. T.)

— Você só pode estar brincando. Como pode ter perdido os Bee Gees? "Night fever" foi a melhor música do ano.

Ergueu os ombros.

— Eu não gostava muito de *heavy metal*.

Caí no riso.

— *Heavy metal?* Eram músicas de discoteca. Como conseguiu perder toda a Era Disco?

Meditou por um instante e então respondeu:

— Sendo sortudo?

Gargalhei novamente.

— Uau. De onde você veio? Da Mongólia?

— De Capri, na verdade.

— Capri?

Confirmou.

— É uma ilha na costa sul da Itália. Não temos muito dessa coisa disco acontecendo por lá. Tenho quase certeza de que não havia um único globo espelhado em toda a ilha.

Tomei um gole de vinho.

— Você é italiano, então.

— Tenho dupla cidadania. Meu pai é do sul da Itália. Minha mãe era uma bela sulista de Atlanta. Assim, sou sulista de ambos os lados. Na verdade, nasci em Capri, mas vivi em Sorrento até os treze anos, quando viemos para os Estados Unidos, por causa do emprego do meu pai.

Percebi que nem ao menos sabia seu sobrenome.

— Qual é o seu sobrenome?

— Principato.

— Soa italiano, sem dúvida. Você ainda fala italiano?

— *Ma certo, bella.*

— Não faço ideia do que acabou de dizer, mas foi muito bonito.

— *La bella língua* — disse. — Foi a única língua do mundo inventada por um poeta.

— Verdade?

Aquiesceu.

— Dante.

— Italiano — repeti. — Isso explica seus belos olhos.

Sorriu timidamente.

— Fale-me mais sobre você — pedi.

— Bem, algo estranho aconteceu comigo outro dia. Na realidade, foi há cerca de um mês. Escutei alguém arranhando a porta de minha casa e, quando fui abrir, não havia ninguém. Mas reparei em uma lesma no degrau da porta, e então a peguei e a atirei para o outro lado da rua. E então, há uma semana ouvi o mesmo som na porta novamente. Levantei-me e abri a porta. Mais uma vez, ninguém. Mas lá estava a lesma de novo. Ela olhou para mim e perguntou: "Por que fez aquilo?".

Caí no riso.

— Foi a coisa mais boba que já ouvi.

— Eu sei. É ótima, não?

— Sim — reconheci.

A noite foi diferente do que imaginara. Matthew era diferente do que pensava. Era mais engraçado, mais inteligente, mais simples. Rimos e brincamos, e não me lembro de outra vez em que me diverti tanto.

Terminamos de jantar por volta das dez, em seguida apenas tomamos café e conversamos até as onze. Ele pagou a conta e me levou para casa. Parou o carro no meio-fio, e se virou para mim.

— E então, como me saí? Passei?

— Eu daria um C+ para você.

— C+? Isso não é bom. Mas eu passei?

— Por pouco. A história da lesma foi um pouco grosseira, mas a comida estava ótima e estou me sentindo generosa, por isso permitirei que refaça o teste.

— Obrigado. Quando posso tentar novamente?

— Logo — falei. — Espero.

Ele sorriu.

— E se eu aparecesse no domingo e fizesse o jantar? Farei o meu *quase renomado* arroz frito.

— Comida chinesa e não italiana?

— Os únicos pratos italianos que faço são massas.

— E qual o problema com as massas?

— Charlotte não poderá comê-las.

— Ah. — Fiquei impressionada por ele ter pensado nisso, e me senti tola por não ter feito o mesmo. — Comida chinesa está ótimo. Precisa de ajuda?

— Você fica encarregada das bebidas.

— Combinado.

Ele deu a volta no carro e abriu a porta para mim, e então me acompanhou até a soleira. Paramos diante da porta.

— Obrigado por sair comigo — ele disse. — Foi divertido. Você é uma mulher muito interessante.

— Interessante — repeti. — Gosto disso. O prazer foi meu. — Olhei-o nos olhos. — Posso contar um segredo?

— É claro.

— Esta foi a melhor noite que já tive nos últimos dois anos.

Seus olhos brilharam quando falei isso, e ele me pareceu ainda mais atraente do que quando o vi pela primeira vez.

— Fico contente. — Inclinou-se para a frente e beijou meu rosto. — Boa noite, Beth.

— Boa noite, Matthew.

Voltou para o carro. Recostei-me contra a porta enquanto ele partia. Entrei em seguida. Jan estava na cozinha, fazendo a lição de casa.

— Oi, senhora C. Como foi sua noite?

— Perfeita — falei, e um largo sorriso se abriu em meu rosto. — Simplesmente perfeita.

CAPÍTULO
Vinte

*Encontrar o verdadeiro amor é como encontrar uma
nota de cem dólares no estacionamento de um supermercado
— e igualmente improvável.*

✦ Diário de Beth Cardall ✦

Na manhã seguinte, Roxanne estava tão agitada quanto um beija-flor sob o efeito de cafeína.

— Como foi? Jan falou que você disse que foi perfeito. Conte tudo. Relatório completo.

Um sorriso de satisfação passou por meus lábios.

— Ele foi maravilhoso.

— O que você fez com o senhor Maravilhoso?

— Ele me levou ao meu restaurante favorito. Conversamos. Rimos um bocado. Ele é muito doce, engraçado, e muito romântico.

— Eu falei, menina, não falei?

— E ele é italiano.

— Que sorte.

— Só teve uma coisa de que não gostei no encontro.

— Ele mencionou uma antiga namorada? — sugeriu Roxanne — Ele estava com meias brancas?

— O quê? Meias brancas? Não, a única coisa de que não gostei é que ele não me beijou. Talvez tenha me visto melhor e mudado de ideia quanto a mim.

— Querida, pare com isso. Você sabe que é fabulosa. E depois de todo o trabalho que teve para dispensá-lo, ele provavelmente estava apenas sendo cuidadoso. Ou cavalheiro. E Deus sabe como seria bom se tivéssemos mais homens assim.

— Bem, ele vai passar em casa no domingo à noite, para nos fazer arroz frito.

Roxanne balançou contente a cabeça.

— E ainda cozinha. Você estava certa, pode ser bom demais para ser verdade. Então, vamos ao que interessa. Quantas vezes ele se casou? Ele tem um emprego rentável?

— Ele *foi* casado uma vez, e ele *tinha* um emprego. Ele está sem emprego, no momento.

Roxanne fez uma careta.

— Puxa, isso é ruim.

— Qual delas?

— Um divórcio eu posso entender, mas o "sem emprego no momento" soa um pouco estranho.

— Eu não vejo problemas. Ele tem estabilidade financeira e era consultor financeiro, mas está à procura de algo mais significativo.

— Dinheiro e consciência. Então me diga — ele é italiano, maravilhoso, bacana, financeiramente estável e sabe cozinhar. Que mulher em sã consciência poderia deixá-lo?

— A esposa morreu de câncer.

Ela pareceu estranhamente feliz ao ouvir isso.

— Ah.

— Eu vi esse belo lado de Matthew. Ele ainda está de luto por ela.

— Dois corações partidos que ainda creem na promessa do amor. Beth, este é um presente dos céus, ele pode ser a sua alma gêmea.

— Não posso acreditar que vou dizer isso, mas você acha que é cedo demais para me apaixonar?

— Quando você descobriu que queria se casar com Marc?

— No segundo encontro.

Ela aquiesceu.

— Sabe quando você está fazendo compras e encontra aqueles sapatos vermelhos de salto que praticamente pedem para você comprá-los?

Eu ri.

— Você está comparando homens com sapatos?

— Bem, eu sei que não é justo com os sapatos, mas é basicamente a mesma coisa. Quando você sabe, você sabe.

— Você é louca.

— É por isso que você me ama. Então ele vai te ver amanhã à noite? Sorri ao pensar nisso.

— Amanhã à noite.

— E você não se importa que Charlotte esteja lá?

— Eu deveria, mas não me importo. Ele até vai cozinhar algo que Charlotte pode comer.

— Estou tão contente por você. Você descobriu o que há de errado com Charlotte, encontrou um sujeito bom e financeiramente estável, e com quem gosta de estar. — Eu diria que as coisas finalmente estão melhorando.

Assenti, feliz.

— Sinto que é isso. Você acha que minha sorte finalmente mudou?

— Sim. E já era tempo, eu diria.

— Assim espero — falei. — Assim espero.

CAPÍTULO

Vinte e um

Algo que perdeu logo irá aparecer.

✦ Biscoito da sorte ✦

No domingo à tarde, Matthew tocou a campainha por volta das cinco e meia. Abri a porta e o encontrei segurando três sacolas.

— Como você tocou a campainha? — perguntei.

— Com o cotovelo.

— Entre — falei. — Deixe que eu pego uma.

— Não sabia quais ingredientes você tinha, por isso comprei tudo.

Levamos as sacolas para a cozinha. Ele tirou o casaco, e começou a colocar os ingredientes no balcão. Havia arroz, molho de soja, cenouras, cebolas, ovos, peitos de frango, bife de porco, alho e cebolinha. Além disso, havia biscoitos da sorte, três pares de pauzinhos, três chapéus asiáticos e um pacote plástico cheio de grama.

— O que é isso? — perguntei, segurando o pacote.

— Grama. Eu não sabia onde encontrar feno.

— Você cozinha com feno?

— Não. O Ano-Novo Chinês é na próxima sexta-feira. E será o ano do cavalo, daí o feno ou, em nosso caso, a grama.

Aproximou-se e colocou um chapéu em minha cabeça.

— Você precisa usar isto. Regras do Ministério da Saúde. — Amarrou a fita sob o meu queixo. — Perfeito.

— Então você terá que usar o seu — falei. — Peguei outro chapéu, coloquei em sua cabeça e amarrei a fita. — Você ainda parece um italiano.

— Obrigado — respondeu.

Havia outro chapéu com mais ou menos a metade do tamanho daqueles que usávamos.

— Você até trouxe um menor para a Charlotte.

167

— Nós não gostaríamos que ela perdesse toda a diversão. Então, onde está Charlotte?

— Está com a amiga, na casa vizinha. Mas chamei-a pouco antes de você chegar, por isso estará aqui em alguns minutos.

— Ótimo. Vamos começar.

— O que você quer que eu faça? — perguntei, certa de que parecia boba debaixo daquele chapéu.

— Você providenciou as bebidas?

— Não é muito chinês, mas eu fiz limonada. Tem também cerveja e soda na geladeira. O que mais posso fazer para ajudar?

— Você pode cozinhar o arroz?

— Deixe comigo.

— Onde você guarda suas facas?

— As facas estão na gaveta. A tábua de picar está debaixo da pia.

Enquanto eu colocava o arroz na panela, Matthew começou a picar as cenouras, o alho e as cebolas. Quando terminou, colocou os vegetais em diferentes frigideiras para saltear. Em poucos minutos, a cozinha tinha um cheiro maravilhoso. Atrapalhando-me com os pauzinhos, peguei uma das cenouras da frigideira, assoprei e deixei que caísse na minha boca.

— Ooh, está bom — falei.

— Eu salteei os vegetais em manteiga e alho. O segredo é o alho.

— Eu amo alho — falei. — Embora não exatamente no estágio inicial de um namoro.

— Eu discordo. O alho revela muita coisa. Um relacionamento que consegue resistir ao alho mostra que vale a pena.

— Guardarei isso em mente.

— O segredo para um ótimo arroz frito é se certificar de que cada ingrediente fique delicioso por si só, e não exceder no molho de soja. As pessoas sempre exageram no molho de soja.

— Vou me lembrar disso.

— Não é necessário — falou. — Só precisa me pedir para prepará-lo para você.

— Gosto disso — falei.

Ele cozinhava o frango quando Charlotte voltou para casa.

— Mamãe!

— Estou aqui, meu bem.

Ela entrou na cozinha, deteve-se e olhou para nós.

— Oi, mamãe, onde você arranjou esse chapéu?

— O senhor Matthew os trouxe. Ele trouxe um para você, também. Quer colocar? Seu rosto se iluminou de empolgação.

— Ahã.

— Venha aqui, então. — Ela correu até mim, e eu coloquei o chapéu em sua cabeça e o amarrei. Ela estava adorável.

— Diga obrigada ao senhor Matthew.

— Obrigada, senhor Matthew.

— De nada, senhorita Charlotte. Estamos comemorando o Ano-Novo Chinês. Você sabe o que é isso?

— Fizemos enchiladas na noite do Ano-Novo — comentou Charlotte. Matthew sorriu.

— Você é uma garota esperta. Os americanos comemoram o Ano-Novo em 1º de janeiro, mas, na China, eles têm um calendário diferente, e o primeiro dia do ano é diferente do nosso.

Pude ver que ela pensava naquilo.

— O Ano-Novo é um grande acontecimento na China. É o maior feriado que têm, é como o Natal aqui. Todo mundo se reúne com suas famílias, e fazem grandes refeições e trocam presentes. À noite, eles soltam fogos e, pela manhã, os pais dão aos filhos envelopes vermelhos recheados de dinheiro.

— Eu gostaria de ganhar isso — falou Charlotte.

— Sabe o que mais eles fazem? Antes do Ano-Novo começar, todas as famílias limpam a casa muito bem, para que possam varrer para longe toda a má sorte do ano velho e abrir espaço para a boa sorte do novo ano.

Charlotte balançou a cabeça.

— Meu quarto está limpo.

— Suponho, então, que estamos prontos. — Matthew sorriu para mim. — Acho que estamos prontos para um ano bom.

O arroz estava delicioso, assim como a conversa. Matthew tinha um interesse genuíno em Charlotte e parecia fascinado com tudo que ela tinha a dizer. Depois da refeição, Matthew distribuiu biscoitos da sorte e os quebramos para ler as mensagens.

— "Algo que perdeu logo irá aparecer" — li.

— Intrigante — falou Matthew. — Você perdeu algo?

Olhei-o e confirmei.

— Temo que sim.

Nesse momento, Charlotte estendeu-me a sorte dela.

— Leia o meu.

— "Você terá uma vida longa e feliz." Esta é muito boa. O que diz a sua, Matthew?

— "Uma boa reputação é algo a se prezar." — Olhou-me e franziu a testa.

— Isto não é exatamente uma sorte. Biscoitos da sorte deveriam dizer algo que acontecerá no futuro, como: "Você irá acertar na loteria" ou "Sua casa vai pegar fogo". Entende, qual é o propósito disso?

— Você não acha melhor não saber o futuro? — perguntei.

— Por que diz isso?

— Se soubéssemos como todas as coisas se desenrolariam, talvez nem ao menos tentássemos fazê-las.

Sua fisionomia pareceu abatida.

— Talvez — disse. Depois de um tempo ele se levantou, e disse: — Está bem, vamos lavar os pratos.

— Não, eu lavarei mais tarde.

— É muito mais rápido se...

Inclinei-me e coloquei meu dedo em seus lábios.

— Não estou com pressa. Prefiro apenas passar esse momento com você.

— Vamos dar uma caminhada. Charlotte, você se importa de ficar sozinha por alguns minutos? Só iremos caminhar pela rua.

— Está bem, mamãe.

Vestimos nossos casacos e saímos para o clima gelado de fevereiro.

Torcia para que ele segurasse minha mão, mas ele não o fez, e então, um minuto depois, tomei a dele, entrelaçando meus dedos aos seus.

— Foi muito divertido — comentei. — Você faz um ótimo arroz frito.

— Eu disse que faria. — Virou-se. — Então, o que disse sobre não querer saber o futuro. Você falava sério?

Assenti.

— Acho que sim. Quero dizer, se soubesse que Marc me trairia, jamais teria me casado com ele.

Parecia refletir.

— Penso que ainda assim se casaria — disse. — Ou não teria tido a Charlotte.

Pensei no que ele disse.

— Você está certo.

Caminhamos pela calçada em silêncio. Era bom estar com ele. Eu adorava seu bom humor. Adorava o modo como conversava comigo. Depois de uma segunda volta no quarteirão, falei:

— É melhor voltarmos para a Charlotte. — Apertei sua mão e sorri. — Desculpe por ser tão dura com você no começo. Obrigada por insistir. Não sei por que fez isso, mas sou grata.

— Tive a intuição de que valia a pena insistir.

— Posso levá-lo para sair da próxima vez?

— Eu gostaria disso.

— Quando você está livre?

— Estou desempregado. Estou livre sempre.

— Certo, a vida de um cavalheiro ocioso. Que tal na próxima sexta-feira?

— Na sexta-feira. Que horas?

— Para o que estou planejando, precisamos sair cedo. Lá pelas quatro e meia. Ficaremos fora até tarde.

— O que você tem em mente?

— É uma surpresa.

— Devo me vestir como?

— Com roupas quentes. Sobretudo grosso, chapéu e luvas.

— Surpresa ao ar livre. Algo com neve à noite?

— Não pense muito nisso — falei. — Você pode estragar a surpresa. Encostei-me na porta de seu carro, bloqueando seu caminho. Estava frio, e nossa respiração congelava à nossa frente.

— Você irá me beijar dessa vez? — perguntei. Ele me olhou como se estivesse decidindo.

— É claro — disse. Inclinou-se e me deu um selinho.

Meu coração se partiu. Por que não me beijava de verdade? E então um pensamento veio à minha mente, que me confortou e, ao mesmo tempo, me machucou — talvez ainda estivesse apaixonado pela mulher.

— Você ainda sente falta dela, não é?

— Por causa do beijo? — perguntou. — Desculpe por isso. — Assentiu, devagar. — Sentirei falta dela pelo resto da vida.

— Como ela era?

Contemplou-me com tristeza, e então falou com brandura:

— Ela parecia um bocado com você.

Abaixei a cabeça, sem saber o que dizer. Ficamos quase um minuto em silêncio. Ele retomou a palavra:

— A sua sorte, sabe, algo que perdeu logo aparecerá? O que você perdeu?

Puxei os cabelos para trás.

— Confiança.

— Você acha que aparecerá?

Olhei-o nos olhos, e sorri.

— Acho que o biscoito estava certo.

CAPÍTULO

Vinte e dois

Levei Matthew para um passeio romântico em um trenó puxado a cavalo, sob a luz do luar. Sentia-me como se estivesse em um comercial. O que aconteceu com o "bom demais para ser verdade"?

Diário de Beth Cardall

Na sexta-feira à tarde, saí do trabalho às duas e meia para me preparar para o nosso encontro. Coloquei uma muda de roupa em uma bolsa e deixei Charlotte na casa de Roxanne para que passasse a noite. Voltei para casa e preparei um piquenique noturno, com pães sírios recheados com salada de frango, uvas vermelhas, dois pedaços grandes de bolo de chocolate gelado, uma garrafa térmica grande, com chocolate quente fumegante, e um pote de granola fresca e caseira, feita com cajus e amoras, para beliscar durante nossa viagem até o norte de Utah.

Torcia para que ele gostasse da surpresa. Quando tinha catorze anos, fiz uma excursão com um grupo de amigos para a Fazenda Hardware, uma reserva florestal de 19 mil acres ao leste de Cache Valley, ao norte de Utah. (Cache Valley ganhou esse nome dos primeiros montanhistas e caçadores, que utilizavam a área para esconder, *cache* em francês, suas peles de castor.)

Fizemos um passeio de trenó puxado a cavalo, em meio a uma manada de mais de seiscentos alces, que eram criados na fazenda. Mesmo naquela idade, lembro-me de pensar que aquilo combinaria com um encontro romântico. Em nosso primeiro ano de casados, falei a Marc sobre isso.

Estávamos sentados no sofá, assistindo a um jogo de basquete na TV, quando dei a ideia para o nosso próximo aniversário de casamento.

— Onde fica isso?

— Fazenda Hardware. Perto de Logan.

— Fica a quase duas horas daqui.

— Sim, mas estaremos juntos. Podemos conversar.

— Não tenho tanta coisa a dizer — falou. — Parece muito frio.

— Isso faz parte da diversão. Nós nos enfiaremos debaixo de um cobertor.

Beijou-me na testa.

— Podemos fazer isso aqui — disse, e voltou a assistir o jogo.

Torcia para que Matthew pensasse diferente.

✦

Matthew chegou em minha casa pontualmente às quatro e meia. Estacionou seu carro ao lado do meu, e saiu dele usando um grosso casaco de lã e um chapéu de caubói. Parecia um pouco como o garoto-propaganda da Marlboro, ao mesmo tempo viril e com uma beleza de menino.

— Belo chapéu — falei. — Você fica bonitinho nele.

— Esperava um pouco mais do que "bonitinho", mas tudo bem.

Sorri.

— Está pronto?

— Prontíssimo. Eu dirijo?

— Antes, uma dica: vamos para um lugar a duas horas daqui, atravessando desfiladeiros nevados.

Ambos olhamos para o meu velho Nissan.

— Talvez seja melhor que eu dirija — Matthew falou.

— Boa ideia — concordei. — Ainda preciso pegar algumas coisas. — Corri para dentro e, pouco depois, saí com meu casaco, um gorro e uma cesta de piquenique.

Ele fitou a cesta com curiosidade.

— Esta é uma genuína cesta de piquenique — disse. Como a dos desenhos do Zé Colmeia.

— Vocês assistiam o Zé Colmeia na Itália?

— É claro — abriu a porta para mim. — Depois de você — falou.

— Obrigada — respondi, entrando no carro.

Tomou a cesta de mim.

— Devo colocar isto no porta-malas?

— Não. Trouxe um pouco de granola para beliscarmos no caminho.

— Vou colocá-la no banco de trás, então.

Colocou a cesta no banco traseiro, e então se sentou no assento do motorista e atirou seu chapéu para trás.

— Para onde?

— Norte. Como se estivéssemos indo para Idaho.

— Idaho?

— Não se preocupe, não vamos tão longe assim. Vamos para Cache Valley.

— O que há em Cache Valley? Olhei para ele e sorri.

— Minha surpresa.

A viagem foi agradável. Conversamos o tempo todo, ainda que, pensando agora, pouco descobrisse a seu respeito. Sempre que fazia uma pergunta, ele a devolvia para mim. Não sentia exatamente que estava escondendo algo de mim, apenas que sentia muito pouco interesse em falar de si mesmo — um traço raro na maioria dos homens com quem saí. Nada que falava sobre mim parecia surpreendê-lo. Fez-me um bocado de perguntas sobre Charlotte, como ela ia na escola, aptidões especiais, e se ela tinha algum namorado, o que me fez rir.

Ao norte de Salt Lake, pegamos o trânsito da hora do rush, mas ele diminuiu em Layton, onde paramos em um McDonald's para comprar Coca-Cola. Enquanto aguardávamos na janela do *drive-thru*, estiquei-me para trás e apanhei um pacote de granola da cesta. Abri o saco plástico e ofereci-o para Matthew.

Ele colocou um punhado na boca.

— Delicioso. Eu adoro quando você faz isso — disse.

Olhei-o intrigada.

— O que quer dizer? Nunca fiz isso para você antes.

Ele se voltou, contemplou-me e sorriu.

— Quero dizer que fico feliz que tenha feito isso. Eu adoro granola.

A mulher na janela do *drive-thru* entregou-lhe os refrigerantes, e ele me passou um copo. Em seguida, tomou a estrada novamente. Enquanto subíamos a rampa para pegar a autoestrada, perguntou:

— E então, quando você irá me contar para onde vamos?

— Acho que já é hora. Fiz reservas para um passeio de trenó à luz da lua na Fazenda Hardware. Observei atentamente seu rosto para ver sua reação. Para o meu alívio, ele sorriu.

— Sempre quis fazer um passeio de trenó. Desde que assisti àquele filme antigo, *Sete noivas para sete irmãos*.

— Sério?

— É verdade. Achava que seria romântico.

Fitei-o sem acreditar. Ele realmente dissera "romântico", sem um sorriso forçado. E o que era melhor, dava para ver que estava sendo sincero.

Parecia um garotinho animado a caminho de um parque de diversões. *Onde você esteve durante toda a minha vida?*, pensei.

Enquanto percorríamos os últimos catorze quilômetros, atravessando Sardine Canyon, Matthew começou a cantar uma música que jamais ouvira antes.

— É bonita — falei quando terminou. — Qual é o nome?

— "Truly Madly Deeply."

— Quem canta?

— Um grupo chamado Savage Garden.

— Nunca ouvi falar deles.

— Não, você não poderia — falou.

— O que quer dizer?

Pensou um pouco e sorriu.

— É um grupo australiano.

— Savage Garden — falei. — Vou procurá-los da próxima vez que for a uma loja de discos.

Um sorriso peculiar abriu-se em seu rosto.

— Avise se encontrar.

Chegamos à fazenda depois que escureceu, mas a viagem correu bem, estávamos meia hora adiantados para a nossa reserva, marcada para as sete.

Matthew estacionou em uma pequena área de terra lavrada, perto do iluminado centro de visitantes.

— Aqui estamos — anunciou. — A Fazenda Hardware.

— Está com fome? — perguntei.

— Apesar de ter comido quase toda a sua granola, estou. O que há na cesta de piquenique?

Estiquei o braço para o banco de trás.

— Fiz o meu *nada famoso*, mas ainda assim muito bom, pão sírio com salada de frango. — Tirei um sanduíche da cesta e lhe entreguei. — Aqui está.

E trouxe chocolate quente para beber. Ah, e para a sobremesa, temos bolo de chocolate.

— Bom — falou. Desembrulhou o sanduíche e deu uma mordida. — Merecia ficar famoso — comentou.

— A fama não melhoraria seu sabor.

— Não, apenas confirmaria a suspeita de que é bom.

Demos cabo de tudo, menos do bolo. Quando faltavam cinco minutos para as sete, caminhamos até o Centro de Visitantes. Pegamos nossos bilhetes e caminhamos para o pátio atrás do estabelecimento. O ar frio da montanha estava congelando, e a temperatura havia caído para um único dígito.

Um homem com chapéu de caubói feito de feltro e enfeitado com uma faixa de pele de cobra, luvas e culotes de couro se encontrava de pé ao lado de um comprido trenó de madeira escura, atrelado a dois enormes cavalos de raça. O trenó possuía quatro bancos e havia faroletes elétricos presos à parte dianteira.

— Eu sou Roger — anunciou com a fala arrastada do Oeste americano. — Serei o seu motorista esta noite. Bem-vindos à Fazenda Hardware. Percorreremos alguns de nossos acres, não todos — disse, com um largo sorriso —, já que este é um passeio sob o luar, e não um passeio ao nascer do sol. Hardware era inicialmente uma fazenda de gado, no começo dos anos 1900. Mas, à medida que as pessoas passaram a se mudar para o vale, os lugares naturais de pastagem dos alces começaram a desaparecer. Assim, o estado de Utah comprou a fazenda em 1945 e transformou-a em uma reserva ambiental. A cada ano, alimentamos mais de seiscentas cabeças de alce. À noite, não conseguirão ver as manadas como durante o dia, mas arrisco dizer que veremos alguns e com certeza sentiremos seu cheiro. Eu garanto.

Subimos a bordo do trenó, com outros cinco casais e uma família com dois meninos pequenos, que se sentaram no banco da frente para ficar próximos dos cavalos.

Havia cobertores de lã grossa dobrados sobre os bancos, e Matthew e eu pegamos um deles e nos cobrimos. Roger falou "Eia", e bateu nas rédeas dos cavalos, e o trenó se moveu para a frente, atrás dos poderosos animais, ao longo de um prado límpido e coberto de neve, que se abria à nossa frente como um grande mar iluminado pela lua.

Durante o passeio, Roger mostrou a vida selvagem e respondeu a perguntas, mas sua voz era como uma conversa em outra mesa de um restaurante. Não estávamos ali para fazer um *tour*. Estávamos no último banco do trenó, com outro jovem casal, que se aninhava inclinado na direção oposta, deixando um espaço entre nós.

— Isso é bonito — falou Matthew. — Olhe as estrelas.

Inclinei-me para trás, para admirá-las todas. Na ausência das luzes da cidade, as estrelas eram muito visíveis no céu, nítidas e intensas, como se tivessem sido polidas e penduradas sobre nós como parte do passeio.

— Bonito *e frio* — falei, meus dentes começando a bater.

Ele sorriu.

— Não é esta a ideia?

— Do que você está falando? — brinquei.

Ele colocou o braço a minha volta, apertando-me contra o seu corpo quente e firme. Com sua outra mão, segurou meu braço debaixo do cobertor, deslizou sua mão até as minhas, que estavam aninhadas sobre o meu colo, e segurou-as. Pousei a cabeça em seu ombro e fechei os olhos, desaparecendo em seu calor, o som do trotar dos cavalos, o deslizar macio do trenó e o ar frio e úmido contra o meu rosto. Sentia-me incrivelmente feliz e segura — mais feliz do que estivera em anos.

Durante o resto do passeio, nenhum de nós falou, e eu queria acreditar que era porque as palavras seriam muito desajeitadas para o que estávamos sentindo. Fiquei pensando se Matthew sentia a mesma coisa, e torcia para que sim.

Cerca de uma hora depois que partimos, as luzes do distante Centro de Visitantes reapareceram. Suspirei.

— Não quero que isso termine — falei. Olhei Matthew nos olhos. — Nunca.

Ele me fitava com vivacidade e tristeza.

— Nem eu — disse. E então, comentou com brandura: — Como amar o riacho e não amar a nascente?

Olhei-o, intrigada.

— O quê?

— Nada. — Ergueu a mão que estava sob o cobertor e deslizou o dedo sobre minha bochecha, meu maxilar e meu queixo. E então, delicadamente, segurou o meu queixo e o puxou um pouco para a frente enquanto se inclinava, e nos beijamos. Se antes achava estar no paraíso, agora eu tinha certeza, absorvida em um delicioso golpe de ironia: forte e delicado, apaixonado e sutil, palpitante e pacífico, feminilidade e masculinidade. O beijo foi tudo que esperava de nosso primeiro beijo. Quando me recostei, confesso que me senti um pouco atordoada, do modo como nos sentimos quando um passeio na montanha-russa termina.

Nosso trenó deslizou para o portão nos fundos do Centro e freou abruptamente. Roger se virou.

— Quero agradecer a todos por estarem conosco. Espero que tenham tido uma noite agradável e tenho certeza de que vão querer voltar muito em breve.

— Venha — falei, tomando a mão de Matthew. — Vamos.

Retornamos ao carro. Matthew abriu a porta para mim, mas fechei-a.

— Vamos para trás — falei. Abri a porta traseira e entrei, coloquei a cesta de piquenique no banco da frente, e estendi minha mão até ele. Ele simplesmente permaneceu parado, parecendo levemente nervoso.

— Vamos — falei.

Ele assentiu levemente, entrou no carro e fechou a porta atrás de si.

Inclinei-me sobre ele, pressionando meu corpo e meus lábios contra os dele.

Ele não resistiu, mas tampouco estava inteiramente presente. Um minuto depois, recuei, magoada e com um pouco de raiva.

— Qual é o problema?

Ele balançou a cabeça.

— Desculpe...

— Por que não me beija? Não sente atração por mim?

Olhou-me no fundo de meus olhos.

— É claro que sinto. Você é maravilhosa. — Suspirou. — Desculpe. Acho que simplesmente não estou pronto para um relacionamento físico. Sinto que a estou traindo.

— Você não acha que ela quer que você seja feliz?

Ele não respondeu. Parecia mais do que triste, parecia atormentado. Minha mágoa se dissipou, substituída pela compaixão.

— Desculpe. Isso não foi justo. Acho que isso é algo novo para mim. Meu marido ia atrás de toda mulher que via, e você ainda é fiel à sua esposa depois que ela partiu. — Olhei-o nos olhos. — Isso é realmente bonito. Você tem uma alma bonita. Está tudo bem. Esperarei até que esteja pronto, não importa quanto isso demore.

— Obrigado.

— Você poderia me abraçar?

Assentiu.

— Eu gostaria disso.

Voltei-me e fiquei de costas para ele. Ele colocou seus braços fortes e quentes ao meu redor. *Eu amava esse homem.* Para falar a verdade, a antecipação apenas fortalecia meus sentimentos por ele.

— Não sabia que existiam homens como você.

Ele não disse nada.

Estendi a mão e acariciei sua cabeça, meus dedos deslizando debaixo de suas orelhas e dos cabelos de sua nuca.

— O que há em você? Existe algo em você que eu simplesmente não consigo atingir. Algo...

Balancei a cabeça.

— Não sei. Curiosidade, apenas.

— Curiosidade?

— Como quando perguntei em que ano você se formou na escola, e você teve de pensar. Ou o modo como você diagnosticou Charlotte sem ao menos vê-la. O que há em você que não quer me contar?

— O que acha que estou escondendo?

— Não faço ideia. Quem é você, senhor Matthew?

— Agora, eis a questão. — Ele me apertou contra si com ainda mais força. — Acredite, você não vai querer saber.

CAPÍTULO

Vinte e três

*Eu chamo isso de Princípio de Cardall:
a chance de encontrar um band-aid em sua sopa é
diretamente proporcional a quanto está gostando dela.*

✦ Diário de Beth Cardall ✦

Quando me recordo daquela época, minha vida deveria ter sido um êxtase. Charlotte estava saudável novamente, eu me apaixonara por um homem doce e belo, que amava tanto a mim quanto a minha filha. *Deveria* ter sido perfeito. Mas, como Roxanne sempre diz, "Toda rosa tem seus espinhos".

O primeiro dos espinhos chegou em minha caixa de correspondência na quinta-feira seguinte. Havia acabado de chegar do trabalho, e examinava a correspondência quando topei com uma carta sobre a minha hipoteca. Era uma última advertência ao meu atraso nos pagamentos. Tinha dez dias para ficar em dia com as prestações ou o banco iniciaria os procedimentos de execução.

Fiquei aterrorizada. Não tinha dinheiro. O seguro de vida de Marc tinha acabado havia muito, assim como a minha reserva de emergência. Marc e eu jamais atrasamos um pagamento, mas agora, com apenas uma fonte de renda, e uma fonte pequena, eu era um navio que naufragava. Fui até o quarto e chorei.

Matthew apareceu naquele fim de tarde por volta das seis horas. Entrou carregando um saco plástico branco.

— Veja o que encontrei — disse animado. — Pão sem glúten. É feito com farinha de arroz. — Entregou-me o saco.

— Obrigada — respondi, a voz ainda fraca pelo choro.

Seu sorriso se desfez.

— Qual é o problema?

Enxuguei os olhos e levei o pão para a cozinha.

— Nada.

— Com certeza há algum problema. Você pode me contar.

Virei-me para olhar para ele.

— Só estou chateada. Recebi uma carta do banco.

Uma ruga brotou entre suas sobrancelhas.

— Que tipo de carta?

Peguei a carta e a entreguei a ele. Ele a examinou, e então a abaixou sem falar nada.

— É tão constrangedor — falei. — Sinto-me uma criminosa, ou algo do tipo.

— De quanto você precisa?

— Não aceitarei seu dinheiro.

— Que tal um empréstimo? Apenas o suficiente para você se recuperar.

— Não importa. Ainda assim não conseguiria pagar a você. — Comecei a chorar. — Eu simplesmente acabo ficando para trás, simplesmente não recebo o suficiente.

Ele contornou o balcão e me envolveu em seus braços. Pousei minha cabeça em seu ombro.

— A casa é grande demais para nós, de qualquer modo. Não precisamos disso tudo.

— Sinto muito — consolou-me. Pensou durante um minuto, e em seguida perguntou: — Quanto ainda falta para quitar a casa?

Solucei.

— Não sei. Eu devo sessenta e oito mil dólares. Não sei quanto a casa vale. Cento e vinte mil, talvez.

— Acho que você conseguiria muito mais se fizesse algumas reformas.

— Não posso pagar, não tenho dinheiro. Isso só me endividaria mais.

— Você não vai precisar de muito. E farei o trabalho de graça.

Ergui os olhos para ele.

— Você conhece carpintaria?

— Meu pai construía casas. Eu passava os fins de semana remodelando construções.

— Você faria isso por mim?

— É claro — respondeu resolutamente. — Seria uma pena vender esta casa por apenas cento e vinte mil. Então, o plano é o seguinte. Primeiro, você não vai querer vender sua casa no inverno. Há poucos compradores, e ela parecerá muito melhor na primavera. Então, você precisa pegar um empréstimo, o suficiente para pagar as prestações atrasadas, e alguns milhares a mais para fazer algumas reformas. Em seguida, em abril, vendemos sua casa. Creio que vá conseguir quarenta ou cinquenta mil a mais por ela. É um bocado de horas de trabalho na lavanderia.

— Você realmente faria isso por mim?

Tocou o meu rosto.

— É claro.

Abracei-o.

— Por que você é tão bom comigo?

Ele sorriu.

— Porque eu gosto de você.

Naquela noite, percorremos a casa com uma prancheta, papel e caneta.

Decidimos que o primeiro piso só necessitava de alguns reparos nos rodapés, uma nova cortina para o chuveiro e uma troca de azulejos no banheiro principal. O porão fora esboçado, mas estava praticamente inacabado, precisava de revestimento, pintura e carpete. Seriam necessários alguns reparos do lado de fora da casa também: uma veneziana precisava ser consertada e a calha do lado norte precisava ser substituída.

Depois de explorarmos a casa, sentamo-nos na mesa da cozinha com a lista.

— Posso fazer tudo no andar de baixo, com exceção do carpete — disse Matthew, batendo levemente o lápis na prancheta enquanto planejava o trabalho. — Fazer o revestimento não é caro. Suponho que cerca de quatro mil dólares, talvez cinco, dependendo da qualidade do material. Aposto como consigo encontrar um atacadista e um instalador para o carpete. Acredito que isso ao custo de no máximo cinco mil. Com esses cômodos reformados, aposto como você consegue vender a casa por cento e cinquenta a cento e sessenta mil dólares.

— Isso resolveria meus problemas financeiros.

— Por enquanto — falou. — E nesse meio-tempo, você não precisaria se preocupar em encontrar outro lugar para morar e em se mudar no inverno.

Aproximei-me dele e me sentei em seu colo, envolvendo seu pescoço com meus braços. Beijei seu rosto e pousei minha cabeça em seu ombro.

— Não consigo acreditar em como tenho sorte por ter você. Eu te amo. Ele ficou em silêncio por um tempo, então falou:

— Eu também te amo.

Depois de mais alguns minutos, ele suspirou profundamente.

— Acho melhor ir embora.

— Você precisa?

— Sinto muito. Tenho umas coisas para fazer de manhã.

— Se você precisa — e fiz beicinho. Saí de seu colo e o acompanhei até a porta.

— Você pode arranjar um tempinho na hora do almoço amanhã? — perguntou.

— Claro.

— Precisamos fazer aquele empréstimo, para que eu possa começar.

— Ah — falei. — Pensei que você estivesse se oferecendo para me levar para almoçar.

Tocou a minha bochecha, e seu sorriso voltou.

— Eu farei isso também. — Contemplou meu rosto. — Sabe, você é bonita demais para o seu próprio bem. Ou para o meu.

— Você faz com que eu me sinta bonita — respondi.

Beijou meu rosto.

— Boa noite, Beth.

— Boa noite. Bons sonhos. Vejo você amanhã.

Afastou-se e saiu. Permaneci de pé, na porta, fechando-a depois que ele partiu. Garota, você está muito encrencada, eu disse a mim mesma. Muito, muito encrencada. Sorri e fui para a cama.

CAPÍTULO

Vinte e quatro

*Se eu fosse a rainha do mundo,
não existiria dinheiro.*

✦ Diário de Beth Cardall ✦

A manhã seguinte estava nublada, com rajadas de neve esporádicas. Estava nos fundos, passando a ferro, quando Teresa se aproximou. Vestia uma malha de ginástica que acentuava suas curvas.

— Oi, Beth, você tem levantado peso?

Olhei-a intrigada.

— Não. Por quê?

— Não sei, você parece diferente. Está mais bonita. — Seu comentário soou mais como uma reclamação do que como um elogio. — Meu namorado reparou — disse, e se afastou.

— Não pude deixar de achar engraçado. A verdade era que *eu me sentia* mais bonita. Uma hora depois, contei para Roxanne sobre a conversa.

— É verdade, boneca. Nunca vi você tão estonteante. Nunca. E você sempre foi bonita.

— Ele me faz me sentir bonita. Ele me faz muito feliz.

Ela sorriu.

— A felicidade é bonita também.

Matthew passou na lavanderia para me buscar pouco depois do meio-dia.

Como de costume, entrou pela porta da frente. Enquanto saía dos fundos para recebê-lo, Teresa contornou o balcão.

— Oi, bonitão.

Detive-me quando a vi se aproximar dele. Roxanne estava nos fundos, passando camisetas, e também observava.

— O que ela está fazendo? — Subitamente seu rosto ficou vermelho. — Ela está dando em cima do seu homem. Vou matar aquela diabinha — comentou, colocando de lado o ferro de passar. — Vou enfiar sua cabeça em uma prensa.

— Espere — falei. — Eu quero ver isso.

Teresa se mexia sedutoramente em sua direção.

— Posso ajudar?

Matthew parecia se divertir.

— Você deve ser a Teresa.

Ela sorriu de satisfação.

— Como você sabia?

— Sua reputação a precede. Você se importaria de dizer a Beth que estou aqui?

Seu sorriso se desfez.

— Claro.

Foi até os fundos, surpresa ao encontrar Roxanne e eu paradas ali. Roxanne encarou-a, mas segurou-se.

— Seu homem está aqui — desdenhou.

— Obrigada, Teresa — respondi.

— De nada. Vou até o banheiro. — Saiu enfurecida.

— A vingança é doce — falou Roxanne —, como néctar.

— Até logo, querida — falei.

— Bom almoço.

Matthew sorriu ao me ver. Recebeu-me com um abraço.

— Pronta?

— Pronta.

Quando estávamos no carro, falei:

— Então você conheceu a Teresa.

— Sim. Ela estava dando em cima de mim?

— Sim.

— Ela não sabe que sou seu?

A maneira como falou me deixou feliz em vários sentidos.

— Ela sabe.

— Que piranha — comentou.

Caí na gargalhada.

— Eu simplesmente te amo.

Exceto fazer compras, eu odeio qualquer coisa que envolva dinheiro, e a visita ao banco foi ainda mais torturante do que imaginara. Não compreendi toda aquela conversa sobre pontos, linhas de crédito imobiliário e taxa de juro variável. Ao final, tudo que entendi foi que consegui um empréstimo de sessenta e três mil dólares.

Enquanto concluíamos a papelada, Matthew perguntou:

— Você se importa que eu seja seu cossignatário no empréstimo? Assim não terá de vir aqui toda vez que eu precisar comprar suprimentos.

— Por mim, tudo bem — falei. — Eu odeio essas coisas. Olhei para o funcionário do banco. — Sem querer ofender.

— Imagine — falou. — Você só precisa assinar aqui.

Assinei meu nome na linha indicada por ele.

Matthew perguntou:

— De quanto precisa para cobrir sua hipoteca?

— Vamos ver. São novecentos e trinta e sete dólares por mês, e estou atrasada dois meses.

— Quase mil e novecentos. Vamos pegar dois mil e oitocentos agora. Isso irá cobri-la até abril, quando concluirmos a reforma da casa.

— Parece bom — falei.

— Registre o saque para Beth Cardall — falou Matthew.

— Retorno em um minuto — disse o atendente, levantando-se.

Disse a Matthew:

— Obrigada por me ajudar. Ele sorriu.

— O prazer é meu — comentou.

Pela primeira vez em semanas, a torturante dor da dívida passou.

Saímos do banco com uma pasta repleta de documentos.

— Isso pertence a você — Matthew falou, entregando-me o pacote. — Agora, onde quer ir almoçar?

— Em um dia como este, uma sopa até que ia bem.

— Há uma pequena e ótima casa de sopas ao lado de meu apartamento. Eles têm a melhor sopa de ervilhas secas.

— Eu odeio ervilhas secas.

— Não é a única sopa que servem — disse. — Mas é a de que eu mais gosto.

A casa de sopas não era o que eu esperava. Era uma pequena espelunca barulhenta, embora incrivelmente popular. Guardei uma mesa para nós enquanto Matthew pegava nossas sopas — ervilhas para ele, e tomate com manjericão para mim — com Coca Diet e um sanduíche de pernil para dividirmos.

Enquanto comíamos, falei:

— Você disse que morava por aqui.

Matthew confirmou.

— Logo ali, na próxima rua.

— Posso ver onde você mora?

Ele demonstrou certo desconforto.

— Não há muito para ver. É um apartamento no subsolo. Vim para cá sem um lugar para ficar, e peguei o primeiro lugar que encontrei.

— Não podemos ao menos passar na frente?

— Se quiser — disse.

Quando acabamos de comer, entramos em seu carro e fomos até seu apartamento. Entendi por que ele hesitava em me mostrar onde morava. A vizinhança era pobre. As casas eram malcuidadas, excessivamente grandes, e os quintais estavam cheios de entulho. O apartamento alugado por Matthew ficava em uma casa velha e decrépita, com uma caminhonete quebrada no quintal vizinho, ao lado de uma pilha de escapamentos enferrujados. A entrada para o apartamento ficava na lateral da casa, depois de um lance de escada de concreto coberto por um telhado de plástico amassado. Sua BMW parecia notavelmente fora de lugar naquela vizinhança.

Fiquei surpresa que vivesse em um lugar tão precário.

— Eu avisei — disse.

— Não é tão ruim — respondi.

— Está louca? — disse sorrindo. — É um chiqueiro. Este lugar faz o aterro sanitário parecer o Central Park.

— Você tem razão, é terrível. Não tem medo de estacionar o seu carro aqui?

— Um pouco. Agora você sabe por que nos encontramos em sua casa. Mas não se preocupe. Vou me mudar amanhã. Estou prestes a fechar um grande negócio.

— Voltou a trabalhar?

— Nunca parei por completo. Sempre estive ligado em alguns negócios. Este é dos grandes, pelo qual estava esperando.

— Parece excelente.

— Acredite, é dos grandes. E o melhor, é uma aposta certa.

Não fazia ideia de que sua aposta certa de algum modo me envolvia.

CAPÍTULO
Vinte e cinco

Apenas os tolos e as crianças acreditam que fechar os olhos fará os monstros desaparecerem.

✦ Diário de Beth Cardall ✦

Nevou durante a noite, o suficiente para aparecerem os tratores de remoção de neve, e despertei com o ruído da lâmina de metal de um trator abrindo caminho em nossa rua. Por mais que quisesse continuar dormindo, levantei-me e me vesti. Em seguida, vesti Charlotte e a aprontei para o dia.

Por causa da crise financeira por que passava, pedi a Roxanne para me escalar nos sábados, assim conseguiria uma renda extra. Minha vizinha Margaret se ofereceu para me ajudar a poupar os custos de ter uma babá e convidou Charlotte para brincar com Katie durante o dia.

Mesmo que a Prompt não limpasse ou passasse roupas nos fins de semana, as manhãs de sábado ainda eram os períodos mais movimentados da semana, com as retiradas e as entregas. Como era de se esperar, estávamos ocupadíssimas e nossa pequena recepção, sobrecarregada, com mais clientes aguardando do lado de fora, com os braços cheios de roupa. Estava ocupada registrando um pedido quando Roxanne atendeu o telefone. Gritou por cima do barulho:

— Beth, é a sua vizinha.

— Ela está com Charlotte. Diga a ela que já vou atender. — Apressei-me para concluir a tarefa em que estava ocupada e peguei o telefone que estava sobre o balcão.

— Margaret?

— Oi, Beth. Espero que não esteja ligando em má hora — sua voz parecia tensa.

— A Charlotte está bem?

— Está. Ela e Katie estão no quintal, fazendo um homem de neve. Eu liguei por outro motivo. Meu marido George acabou de telefonar do trabalho. Você sabia que ele trabalha no Banco Zions?

Imaginei o que aquilo poderia ter a ver comigo, e que não poderia esperar.

— Não, não sabia.

— Ele é o gerente da filial de Holladay. Uma transação passou por sua mesa ontem à tarde e, segundo ele, dizia respeito a você.

— Uma transação?

— Está em seu nome. Quão bem você conhece Matthew Principato? O modo como me perguntou aquilo me deixou nervosa.

— Muito bem. Por quê?

— Não quero deixá-la alarmada, tenho certeza de que há alguma explicação plausível. Só achei que deveria me certificar com você. Você sabia que Matthew fez um empréstimo dando sua casa como garantia?

Respirei aliviada.

— Ah, sim. Eu sei. Ele está me ajudando a fazer algumas reformas na casa, por isso eu o incluí como signatário, para que ele pudesse retirar dinheiro quando precisasse.

Foi o que George disse. Sei que isso é muito pessoal, mas você se importa de me dizer quanto ele deveria sacar?

— Bem, creio que seriam cerca de três ou quatro mil dólares. E retiramos uma parte quando assinamos os papéis, também. Mas ele não tiraria tudo de uma vez.

— Ah, não — falou Margaret.

— Há algum problema?

— Beth, ele sacou muito mais do que isso.

— Quanto mais?

— Beth, ele retirou mais de sessenta mil.

Meu peito se contraiu.

— O quê?

— George disse que ele retirou o limite do empréstimo para a liquidação da casa.

— Por que não o impediram?

— Sinto muito. George não foi o responsável pela transação, mas disse que era perfeitamente legal, Matthew tinha acesso à conta.

Senti como se alguém tivesse acabado de golpear meu estômago.

— Preciso ir.

Margaret percebeu o meu pânico.

— Desculpe. Talvez haja alguma explicação para isso.

— Tenho certeza que sim — falei, com raiva. — Ele queria o meu dinheiro. Obrigada por ligar.

Quando desliguei o telefone, Roxanne me fitou.

— Ei, qual é o problema, querida? O que aconteceu?

Apenas olhei-a, sem ar.

— Teresa — Roxanne falou. — Cubra a gente aqui.

Teresa olhou-a incrédula.

Mas tem um milhão de pessoas aqui.

— Vire-se. — Roxanne me acompanhou até os fundos, para a sala de descanso. Afastou uma cadeira da mesa, para que eu me sentasse. Foi quando desabei.

— Querida, me conte o que aconteceu. É o Matthew?

— O que foi que eu fiz?

— Ele terminou com você?

Enxuguei o rosto.

— Ele roubou a minha casa.

— O quê?

— Foi uma armação. Ele nunca me amou. Ele estava jogando comigo o tempo todo.

— Não acredito nisso. Conte o que aconteceu.

— Ele se ofereceu para reformar o meu porão e, por conta disso, fizemos um empréstimo ontem. Eu lhe dei acesso à minha conta, para que ele pudesse retirar o dinheiro para os materiais. Ele tirou cada centavo. Sessenta e três mil dólares. — Quase hiperventilei ao dizer isso.

Roxanne engasgou.

— Puxa, querida.

— Eu sou tão idiota. Ele é um desses sujeitos das notícias que lemos por aí, e que enganam mulheres desesperadas e ingênuas. Ele rouba as economias de uma vida e desaparecem. Como pude ser tão burra?

— Como você poderia saber? Estávamos tão encantadas com ele. Qualquer um poderia ter cometido esse erro. Você consegue encontrá-lo?

— Sei onde ele mora.

— Vá. Teresa e eu cobrimos você aqui. Ligarei para a Jan e pedirei que ela busque a Charlotte. Ela pode passar a noite em nossa casa.

— Obrigada. — Debrucei-me sobre Roxanne e desabei mais uma vez. Ela me deu alguns tapinhas nas costas.

— Pronto, pronto, querida. Talvez não seja o que parece ser.

— O que mais poderia ser?

Ela gemeu.

— Ah, querida.

— Eu queria que fosse bom. Eu queria ser amada por alguém.

— É culpa minha — falou Roxanne. — Eu queria isso para você. Eu a empurrei nessa direção.

— Não é culpa sua. É o que eu realmente queria. Queria tanto que fechei os olhos.

Estava quase histérica e cega de tanto chorar enquanto dirigia da lavanderia até o apartamento dele. Por sorte, o acaso me levara até lá havia poucos dias, pois até então eu não saberia como contatá-lo. Minha mente reviu nossa última conversa. Era isso o que ele quis dizer com o "grande negócio — uma aposta certa", que estava prestes a fechar? Ele me manipulara como se eu fosse um violino Stradivarius.

Estacionei o carro na frente da casa, enfiando a dianteira do automóvel em um monte de neve, e saí. Procurei seu carro, mas, como era de esperar, ele não estava lá. Nevara durante a noite e a neve sobre o caminho de cimento que conduzia ao seu apartamento não havia sido removida.

Pude distinguir pegadas saindo de lá. Segui-as escada abaixo, até o apartamento. Não havia campainha, e então esmurrei a porta.

— Matthew! Abra!

Bati novamente, em seguida, verifiquei a maçaneta e descobri que estava destrancada. Abri a porta. Sob a tênue luz das frestas da janela, não pude acreditar no que vi.

A sala estava vazia. A única mobília era um colchão fino no chão, no canto da sala, com uma almofada de sofá e um cobertor de lã.

— Matthew! — gritei.

Acendi a lâmpada, um único globo descoberto sobre a pia da cozinha, e caminhei pela casa.

No banheiro, havia sobre o balcão de ladrilho uma embalagem de creme de barbear barato e uma lâmina descartável, perto de um desodorante, uma barra de sabonete e um tubo de xampu. Fui até o quarto. Não havia mobília, apenas duas caixas de papelão — uma estava vazia e, na outra, havia algumas cuecas brancas e dois pares de meias. Abri o guarda-roupa. Dentro, em um cabide, havia apenas uma camisa, a camisa de flanela vermelha que ele usara em nosso encontro na fazenda e provavelmente a abandonara. Voltei para a cozinha. A geladeira guardava uma garrafa de leite quase vazia, duas latas de Coca-Cola e um sanduíche de salame mofado em um dos lados. As despensas estavam vazias, exceto por uma caixa de uvas-passas e outra de cereais.

Ao lado do fogão, havia um cesto de lixo cheio. Entornei-o no chão da cozinha. O conteúdo consistia basicamente de embalagens de *fast-food* e latas vazias de soda limonada. Vasculhei aquilo, na esperança de encontrar algo que me desse uma pista do lugar para onde ele fora.

Acabei encontrando um pedaço de papel dobrado, e rabiscadas à tinta estavam as palavras "U de U, Beta. Todd Fey, 292-9145. Identidade falsa".

Engasguei. Eu nem ao menos sabia seu verdadeiro nome. Enfiei o bilhete no bolso da calça e bati a porta ao sair do apartamento.

Subi os degraus até a porta da frente da casa e toquei a campainha. Dois minutos depois a porta se abriu e um homem idoso apareceu. Era baixo, tinha barba cinzenta e irregular e me olhava com uma expressão irritada.

— Nada de procuradores — resmungou.

— Estou à procura do homem para quem você alugava o andar de baixo.

— Não sei nada sobre ele. — E começou a fechar a porta.

— Espere — falei, empurrando a porta. — Ele me roubou. Você pode falar comigo ou chamarei a polícia e você terá de falar com eles.

Franziu as sobrancelhas, mas pareceu assustado com minha ameaça.

— O que você quer?

— Você o viu sair esta manhã?

— Não vi nada.

— Você tem o endereço dele?

Ele me encarou como se eu fosse uma idiota.

— O endereço dele é este *aqui*.

— Quero dizer, talvez houvesse outro endereço em seu cheque, quando ele pagava o aluguel.

— Ele sempre pagava em dinheiro. É tudo que sei. Ele roubou você? Chame a polícia. Ele sempre pagou o aluguel, é tudo que sei. — Fechou a porta e a trancou.

Saí da varanda com as lágrimas transbordando de meus olhos. Dirigi até o posto de gasolina que ficava na esquina da casa de sopas onde havíamos almoçado poucos dias antes. Revirei meu carro em busca de uma moeda e caminhei até o telefone público. Tirei do bolso o bilhete que encontrei e disquei o número.

Uma voz jovial atendeu.

— Beta Sigma Pi, capítulo Delta ETA, Pledge David falando.

— Estou procurando Todd Fey.

— Só um momento. — Ouvi-o chamar em voz alta: "O Todd está?" — Escutei alguns murmúrios, e depois do que pareceu uma eternidade, outra voz atendeu.

— É o Todd.

— Meu nome é Beth Cardall. Encontrei seu nome em um pedaço de papel. Você fez uma identidade falsa para Matthew Principato.

— Não sei do que está falando — disse irritado.

— Não estou tentando arranjar problemas, ou algo assim. Estou à procura desse homem. Ele me roubou.

— Você deve estar equivocada — e desligou.

Esperto, pensei. *Muito esperto*.

Voltei para o carro e dirigi pelas ruas cinzentas e lamacentas dos arredores de Holladay, de Cottonwood Heights e de Murray por quase cinco horas, procurando seu carro. Em certo momento, segui um BMW azul-marinho por quase dez minutos, até o carro estacionar em um posto de gasolina e perceber que o motorista era uma senhora idosa. Por volta das nove horas, finalmente voltei para casa. Telefonei para saber de Charlotte.

— O que descobriu? — perguntou Roxanne.

— Seu apartamento estava vazio — falei. — E achei o telefone de onde ele conseguiu uma identidade falsa.

— Santo Deus — ela exclamou. — Você chamou a polícia?

— O que eles poderiam fazer? Tudo que ele fez foi legal.

— Puxa, querida. O que você vai fazer?

— Vou sair e procurá-lo de novo pela manhã. A Charlotte está bem?

— Sim. Ela está dormindo. Não se preocupe com nada, tomaremos conta dela.

— Obrigada — comecei a chorar. — Não acredito que isso esteja acontecendo. O que fiz para merecer isso?

— Você não merece nada disso. Não sei por que coisas ruins acontecem com pessoas boas, mas, por nenhum momento, acredite que você atraiu isso para si.

— Mas foi o que aconteceu, Rox. Eu atraí isso totalmente para mim.

— Não diga isso. O que você fez para atrair essas coisas para si?

— Eu confiei.

CAPÍTULO

Vinte e seis

O mais perigoso de todos os vícios é a confiança.

✦. Diário de Beth Cardall .✦

A manhã de domingo foi cinzenta, o céu estava riscado por nuvens escuras, parecidas com aranhas. Levantei-me cedo e saí para uma nova busca — ainda usando as mesmas roupas do dia anterior. Nada. Foi por volta das cinco da tarde que me deparei com o inevitável. Ele sumira. Meu dinheiro sumira. Minha casa sumira. Ele provavelmente saíra da cidade e retornara para a Itália, ou para o lugar de onde viera. Encostei o carro no estacionamento de um supermercado e liguei para Roxanne de um telefone público.

— Teve sorte? — ela perguntou.

— Não — falei, chorando. — Ele desapareceu.

— Eu estava esperando que você ligasse. Eu tenho *novidades*.

— O quê?

— Esta manhã, contei a Ray sobre o que aconteceu, e ele disse que viu Matthew ontem à tarde, na estação de Chevron. Perguntei-lhe como ele sabia que era Matthew, e ele disse que não sabia. Matthew simplesmente caminhou até Ray e perguntou se ele era meu marido.

— Como ele sabia disso?

— Não faço ideia. De qualquer modo, Ray não sabia que ele tinha roubado seu dinheiro, e apenas bateram papo, sabe, assuntos de homem.

Ray perguntou se ele iria assistir à luta de Mike Tyson, e Matthew respondeu que ia a Wendover para fazer uma aposta.

— Essa não — falei.

Wendover é uma pequena cidade repleta de cassinos, distante cerca de uma hora e meia de Salt Lake City, logo depois da fronteira com Nevada — um subproduto cultural das leis contra os jogos de azar de Utah.

— Tenho que ir até lá — falei. — Vou pegar o meu dinheiro de volta.

— Querida, deixe eu e Ray acompanharmos você.

— Não. Eu farei isso. Eu preciso fazer isso.

— Querida, tenha cuidado. Você não sabe do que ele é capaz.

Corri de volta para o meu carro. Então era isso. *Ele era um jogador.* Um ladrão, um mentiroso e um jogador, e estava prestes a perder o meu futuro e o de Charlotte.

A estrada até Wendover tem 190 quilômetros, a oeste pela estrada I-80, passando pelo Grande Salt Lake e pelas planícies de Bonneville Salt, um dos lugares mais planos do planeta — tão planos que é possível ver a curvatura da Terra. As planícies eram o solo onde dezenas de recordistas de velocidade do mundo foram aclamados, do Dusenberg "Meteoro Mórmon" de Ab Jenkin, em 1935, ao "Espírito Norte-Americano" de Craig Breed-love, o primeiro carro a atingir 960 quilômetros por hora.

Para mim, aquilo era uma centena de quilômetros de nada para ver — nada para me distrair do caldeirão de pânico que fervia em meu peito. Imaginei com quantas outras mulheres Matthew (mal podia pensar em seu nome sem me sentir enjoada) cometera fraudes desse tipo.

Pensando de forma prática, havia outras coisas com que me preocupar. *O que aconteceria quando eu chegasse lá? Eu o encontraria? Ele seria violento? O cassino me ajudaria? E se ele já tivesse perdido todo o meu dinheiro?*

Primeiro Marc, e agora Matthew. Tentei entender por que eu atraía homens fracos. Talvez todos eles fossem fracos.

Reconheci a iluminação em neon de Wendover por volta das oito e meia, e passei por um caubói metálico de vinte metros de altura, apontando para a faixa sobre a estrada que separava Utah de Nevada. Parei no primeiro cassino que encontrei, o Rainbow Casino, uma arapuca bem iluminada na paisagem desértica. Parei o carro no estacionamento cheio e corri para dentro, movida tanto pela adrenalina quanto pela emoção.

O interior do cassino era cavernoso e abarrotado, ecoando o zunir e o tilintar dos caça-níqueis e as canções eletrônicas das iluminadas rodas da fortuna. Dirigi-me até um homem alto de uniforme, que estava de pé atrás do balcão da recepção.

— Posso ajudá-la? — perguntou.

— Onde são feitas as apostas em lutas de boxe?

— A luta Tyson-Douglas — falou. Apontou além de um amplo e iluminado campo de caça-níqueis. — Atravessando o salão, na seção de apostas esportivas. Mas está atrasada para registrar alguma coisa, a luta já começou.

— É tarde demais para pegar meu dinheiro de volta?

Olhou-me de modo desinteressado.

— Quando a luta começa, nenhum dinheiro passa de uma mão para outra.

Afastei-me dele, sem palavras. Eu chegara tarde. Caminhei até a seção do cassino que o homem indicara. Havia uma grande placa de neon que dizia: APOSTAS ESPORTIVAS. Debaixo do anúncio, havia um grande conjunto de televisores — uma parede inteira de telas —, a maioria deles sintonizada no campeonato de boxe. A luta entre Tyson e Douglas era certamente o principal acontecimento, e uma grande e animada multidão, sobretudo de homens, conversava, bebia e gritava para os dois lutadores que dançavam no ringue, trocando socos.

Foi então que o vi. Diferentemente do restante da multidão, Matthew parecia desligado do acontecimento, sentado sozinho em uma pequena mesa circular. Segurava uma bebida em uma mão. Só de vê-lo, senti-me igualmente enjoada, assustada e com raiva.

— Matthew! — gritei.

Ele não respondeu. Gritei mais alto.

— Matthew!

Olhou em volta, e depois para mim, nitidamente surpreso em me ver. Levantou-se quando me aproximei.

— Beth. O que está fazendo aqui?

— Quero meu dinheiro de volta. Ele respondeu calmamente.

— Você o terá. E muito mais.

— Eu o quero *agora*.

Vários clientes voltaram os olhares para nós.

— Entregue — gritei. — Agora!

Olhou em volta, constrangido pela atenção que eu havia atraído.

— Não posso fazer isso. Não está mais comigo.

— Com quem está?

— Com o cassino.

— Quanto você apostou?

Olhou-me com cautela.

— Escute...

— Quanto?!

— Tudo.

— Dei-lhe um tapa.

— Seu bandido. Era tudo que tínhamos. — Comecei a hiperventilar. — Era a escola de Charlotte. Era tudo que nos mantinha fora das ruas. Não acredito que confiei em você.

Mais pessoas nos observavam por sobre os monitores.

— Beth, você precisa confiar em mim. Eu jamais faria qualquer coisa para feri-la.

Eu chorava.

— Está louco? Você me feriu mais do que Marc.

— Beth, você não entende. — Ele tentou me tocar e eu gritei.

— Não ouse tocar em mim! Nunca mais toque em mim. Eu não quero vê-lo nunca mais. — Comecei a me afastar dele. Estava histérica. — Fique longe de mim e de minha filha. Se eu o vir novamente, chamarei a polícia. Fique longe de mim! — Virei-me e corri para fora do cassino.

Solucei por quase todo o caminho de volta. Eu queria vomitar. Eu queria jogar o carro contra cada van com que cruzava e, se não fosse por Charlotte, eu teria feito isso. A cerca de trinta minutos de Salt Lake, logo a oeste de Tooele, fui parada por uma patrulha rodoviária. Quase não consegui parar de chorar para dar minhas informações ao policial.

Ele não me deu uma multa. Quando finalmente consegui contar-lhe o que Matthew fizera, o policial se solidarizou comigo.

— Tem certeza de que consegue chegar em casa?

— Sim.

— Sei que está chateada, mas diminua a velocidade e dirija com cuidado. Não queremos adicionar um acidente a esses problemas.

— Obrigada, seu guarda.

— De nada, senhora. — Entregou-me minha carteira de habilitação. — Você disse que ele apostou na luta de Mike Tyson?

Aquiesci.

— Sim.

— Bem, vamos torcer para que ele tenha se arriscado, porque Tyson acaba de ser nocauteado.

Cheguei em casa por volta da meia-noite. Charlotte ainda estava com Roxanne, deixando o lugar tão escuro e vazio quanto eu me sentia por dentro.

Nevara o dia todo e minha casa estava coberta por quase trinta centímetros de neve recente. *Minha casa?* Ela não era mais minha. Como pude perdê-la tão casualmente? Como pude ser tão ingênua? Quando ele me pediu para ser cossignatário, nem passou pela minha cabeça que pudesse ter acesso total à minha conta-corrente.

Acho que chorei a noite toda. Chorei menos pelo dinheiro do que pela confirmação de minhas mais profundas suspeitas — ele nunca me quis. Eu não era nada para ele além de uma imbecil. Era impossível me amar.

No dia seguinte, ainda me encontrava na cama, à uma da tarde, quando Jan trouxe Charlotte para casa.

— Senhora C? — gritou. — Voltamos.

Não queria que Charlotte ou Jan me vissem naquele estado, sem banho, sem roupas, meu rosto inchado e marcado pelas lágrimas.

— Obrigada, Jan — falei, rouca, por trás da porta. — Posso pagá-la amanhã?

— Sem problemas, senhora C. Charlotte, Molly e eu nos divertimos muito, não é, menina?

— É.

— Até mais tarde — ouvi Jan dizer. — Toca aqui.

Pouco depois, minha porta se abriu. Meu quarto parecia uma caverna, com as cortinas cerradas e a luz apagada.

— Oi, mamãe — Charlotte falou.

Na penumbra, pude ver que ela segurava sua boneca Molly e vestia um chapéu grande demais para ela, com o rabo de um guaxinim.

Minha voz estava tensa e enfraquecida, mas tentei parecer normal.

— Você se divertiu, querida?

— Sim. Posso acender a luz?

— Deixe apagada.

— Você está doente?

— Estou com dor de cabeça — falei.

Ela caminhou até o meu lado e se aproximou o suficiente para ver que eu tinha chorado.

— Qual é o problema, mamãe?

— Nada. — Charlotte apenas me contemplou. Ela era mais esperta que isso. — *Nada que eu possa dizer.*

— É o senhor Matthew?

Caí no choro. *Como uma menina de seis anos pode ser tão astuta?*

Charlotte subiu na cama e se aconchegou junto a mim.

— Você pode segurar a Molly.

— Obrigada. Prefiro segurar você.

— O senhor Matthew disse que não a faria chorar.

Passei as mãos sobre suas bochechas, puxando seus longos cabelos loiros.

— Ele não é quem pensávamos ser.

— Ele não é o senhor Matthew?

— Não sei.

— Ele é alguém mau?

— Sim, querida. É sim.

— Ele não parecia mau.

— Nem sempre as pessoas são o que parecem ser.

Não saí da cama antes das cinco da tarde. Sentia como se tivesse sido atropelada por uma gangue de motoqueiros. Charlotte estava na mesa da cozinha, fazendo desenhos com giz pastel. Fui para lá e preparei o jantar.

Tinha acabado de colocar água para ferver quando a campainha soou. Não esperava ninguém, e não queria ver ninguém.

— Charlotte, você atende?

— Claro, mamãe. — Largou o giz e correu até a porta.

Ouvi a porta se abrir e, em seguida, ouvi Charlotte dizer: "Ela está chorando". Um minuto depois, ela voltou para a cozinha.

— O senhor Matthew está aqui.

Olhei-a incrédula.

— Matthew?

Ela confirmou.

Tirei a frigideira do fogão e apaguei a chama. Meu coração estava cheio de fúria. Tinha ficado boa naquilo — esconder o coração ferido com a fúria.

Charlotte deixara a porta da frente aberta. Quando cheguei ao vestíbulo, pude vê-lo. Ele estava ali, a um ou dois passos da porta, usava um pulôver com capuz, seus braços cruzados para se proteger do frio. Olhava-me ansioso. Reparei que segurava um envelope.

— Eu disse que não queria ver você nunca mais — falei rispidamente.

— Aqui está o seu dinheiro — disse, estendendo o envelope. — Está tudo aqui, mais os lucros. Apesar da raiva, senti um tremendo jorro de alívio. Comecei a chorar.

Ele disse:

— Desculpe por tê-la feito pensar que eu estava tentando tirar vantagem de você. Não estava. Só não queria que você perdesse sua casa.

Permaneci ali, encarando-o.

— Eu não quero os seus *ganhos*. Eu não aposto.

— Nem eu.

— Então que nome você dá para isso?

— Não se está apostando quando já se sabe o resultado. — Ele estendeu o envelope. — Tome.

Peguei o envelope sem olhar para Matthew.

— Isso não muda nada.

— Você deveria abrir.

O envelope não estava selado. Abri-o e retirei um cheque. Levou um tempo para registrar a quantia. Jamais vira tantos zeros em um cheque. Levantei a mão até o rosto.

— Mike Tyson era o favorito, por quarenta e dois a um — disse.

Não conseguia falar.

— Beth, você precisa acreditar que eu jamais faria qualquer coisa para machucá-la. Jamais. Fui até Wendover por você. Só tinha o seu interesse em mente. — Pôs as mãos nos bolsos.

— Não quero vê-lo nunca mais — falei.

Pareceu abalado, mas não estava surpreso.

— Se é isso que você quer.

Vestiu o capuz, virou-se e caminhou até o carro. Observei-o enquanto o veículo se afastava. Ele não olhou para trás.

Charlotte apareceu quando fechei a porta.

— Ele ainda é mau?

Ainda segurando o cheque, agachei e abracei-a.

— Eu não sei o que ele é.

CAPÍTULO
Vinte e sete

Não sei o que pensar. Matthew não apenas mudou o tabuleiro, ele alterou as peças, os dados e as regras. Na verdade, ele transformou o jogo inteiro.

✦ Diário de Beth Cardall ✦

Na manhã seguinte, no trabalho, Roxanne apenas fitava o cheque.

— Santo Deus, Santo Deus, Santo Deus. Isso é de verdade?

— É uma ordem de pagamento.

— Dois milhões, seiscentos e quatro mil dólares. Você vai se demitir, certo?

— Não faço a menor ideia do que farei. Isso é avassalador.

— Ele realmente devolveu tudo a você. Cada centavo.

Assenti.

— Acho que sim.

— Estou falando, esse homem é um anjo. E se não era antes, ele acabou de ganhar asas.

— Ele não é um anjo — afirmei. — Ele me enganou. Não posso confiar nele.

Roxanne me dirigiu o seu olhar mais severo.

— Menina, alguém bateu na sua cabeça? Como ele poderia ser mais digno de confiança? Ele poderia ter tomado todo o dinheiro e jamais olhado para trás. Mas ele não fez isso. *Ele deu tudo para você.* — Ela segurou o cheque. — Você tem dois milhões em confiança bem aqui. Que outra prova poderia pedir?

Refleti sobre suas palavras.

— Você acha que cometi um erro?

— Um erro? Não. Lutar em uma batalha terrestre na Ásia é um erro. O que você fez foi uma burrice épica. Dispensar o melhor homem que já conheceu. Caramba, o melhor homem que eu já vi. Eu veneraria a água sobre a qual ele caminha.

Suspirei.

— Sou tão idiota.

— Agora não vou discordar, garota. Encontre-o e implore para que a aceite de volta.

— E se ele tiver ido embora?

— Então eu vasculharia cada centímetro de calçada desta cidade até encontrá-lo.

Respirei fundo.

— Tudo bem se eu sair daqui?

— Eu despeço você se não fizer isso.

Beijei-a no rosto.

— Obrigada, Rox.

— É, é melhor me agradecer. — Ouvi-a resmungando atrás de mim. — Deus deve amar os tolos, porque com certeza fez um bocado deles.

CAPÍTULO

Vinte e oito

*Claramente, há mais coisas entre o céu
e Utah do que sonha a minha filosofia.*

✦. Diário de Beth Cardall .✦

Como o carro de Matthew não estava estacionado em frente ao seu apartamento, circulei pela região à sua procura. Por volta das seis, quando retornei ao apartamento para uma nova verificação, vi o seu BMW — ou ao menos um bem parecido — estacionado perto de um bar de temática esportiva, descendo a rua. Estacionei ao seu lado, e olhei para dentro do carro.

Reconheci seu casaco.

Entrei no bar e o encontrei sentado sozinho em um canto, bebericando um drinque. Respirei fundo e fui em sua direção.

— Oi.

Ele ergueu os olhos para mim, mas não sorriu.

— *Ciao*.

— Estive em todo os lugares à sua procura.

— Você disse que não queria me ver nunca mais.

— Sim, eu disse, não é mesmo? Posso me sentar ao seu lado?

Olhou-me com tristeza, e então apontou para a cadeira à sua frente. Retirei o casaco e me sentei.

— Desculpe-me.

— Então dois milhões podem comprar remorso?

Suas palavras me feriram.

— Não é o dinheiro. Quero dizer, foi o dinheiro. Tive medo de perder tudo, mas também sentia medo... — hesitei — de que você não me amasse de verdade.

— Como pôde duvidar de mim?

— Depois de Marc, você pode me culpar pela dúvida? Deu outro gole, e olhou para mim.

— Não, acho que não. Mas você estava certa, o melhor a fazer é simplesmente ir embora e nunca mais voltar.

Fitei-o, com os olhos marejando.

— Não, isso não seria o melhor. Por favor, me dê outra chance. Sei que fiz besteira. Mas vou compensá-lo. Prometo.

— Não é isso, Beth.

Olhei-o, confusa.

— Então o que é?

Olhou o drinque por um tempo, e então disse:

— Você não sabe quem eu sou de fato.

— Não me importa mais quem você seja. O que sei de você é suficiente. Nem ao menos me importo que seu nome não seja Matthew. Não me importo com o seu passado. Tudo que desejo é o seu futuro.

— Meu nome *é* Matthew — falou brandamente. — Mas aí é que está — meu *passado* importa, e meu *futuro* está reservado. De certa maneira, eles são a mesma coisa.

— O que quer dizer?

Ele abaixou os olhos por um longo tempo.

— Você não acreditaria em mim se eu contasse.

— Acreditar no quê? — Toquei sua mão. — Matthew, eu acreditarei em você. Confie em mim.

— Quer mesmo saber quem sou?

— Quero.

Suspirou.

— Eu sou um equívoco, Beth. Sou um grande e esquisito equívoco cósmico. — Ele esfregou o rosto. — Eu nunca deveria ter me apaixonado por você.

— Como se apaixonar pode ser um equívoco?

— Acredite, é possível. — Esfregou sua bochecha. Abaixou o tom de voz.

— Você não faz ideia do que realmente está acontecendo aqui. A melhor coisa que poderia fazer para todo mundo seria me afastar e nunca mais voltar. Especialmente para Charlotte.

— Charlotte ama você.

— Exatamente. — Olhou-me nos olhos. — Beth, há forças em jogo aqui que você não poderia entender.

Franzi as sobrancelhas.

— Que tipo de forças?

— Francamente não sei. — Contemplou-me por muito tempo, e vi a sua atitude tornar-se resignada. — Está bem, quer mesmo saber? Aí vai. Eu falei para você que não faço apostas. É verdade. Eu sabia do resultado da luta de boxe porque a assisti.

— Um bocado de gente a assistiu.

— Eu a assisti *dezoito anos atrás*.

— O quê?

— Beth, este tempo não é o meu. Eu deveria ter dez anos de idade, e não vinte e sete.

Fixou os olhos nos meus, e disse sem rodeios:

— Eu vim do futuro.

— Do futuro?

— De dois mil e oito, para ser mais exato.

Por um momento, eu apenas o encarei, imaginando o que havia acontecido com ele.

— Por que está dizendo isso? — Balancei a cabeça.

— Eu falei que você não acreditaria em mim. — Ergueu o copo e deu um gole, seus olhos fixos em mim. — Não estou mentindo. De que outra maneira saberia sobre a luta de boxe?

— Você poderia ter tido sorte.

— Eu poderia — falou, aquiescendo —, mas seria improvável. Como eu saberia que Charlotte tem doença celíaca, mesmo que jamais a tivesse visto e todos os médicos que a examinaram não conseguiram diagnosticá-la?

— Não sei.

— Como sabia que seu verdadeiro nome é Bethany, Bethany Ann Curtis, ou que você gosta de girassóis em vez de rosas, ou o prato que você come em seu restaurante favorito?

Apenas o fitava. Não tinha ideia.

— E veja só — você nasceu em Magna, Utah, e seu pai, Charles Donald Curtis, um bombeiro voluntário a deixou quando você tinha seis anos. Sua mãe, Donna, está enterrada em Elysian Gardens, e todo Dia de Finados você vai até seu túmulo e deixa uma lavanda.

— Como você está fazendo isso?

— Não estou inventando isso, Beth. Nem ao menos sou bom nisso. Eu vivia deixando escapar, como no carro, quando falei de quanto gostava de sua granola, embora você jamais a tivesse preparado para mim. Ou quando me perguntou em que ano me graduei, o que iria dizer? Daqui a nove anos? Disse a Jan que ouvira falar muito nela, mesmo que você jamais a tivesse mencionado. Quer saber o futuro dela? Eu a conheço como Jan Klaus, uma mulher casada. Ela tem uma grande tatuagem no braço, casou-se com um veterinário e se mudou para Portland, onde deu à luz um menino chamado Ethan. Ela liga para Charlotte quase todo mês.

Nesse instante, a garçonete veio até a nossa mesa.

— Deseja algo mais?

— Não, obrigado — respondeu Matthew. Entregou-lhe uma nota. — Fique com o troco. Quando a garçonete se foi, ele prosseguiu.

— Não ouvi falar dos Bee Gees não porque estava na Itália, mas porque ainda não tinha nascido. Aquela música que cantei para você no desfiladeiro, "Truly Madly Deeply", ainda não foi escrita. Ainda não existe um grupo chamado Savage Garden. Foi por isso que sorri quando você disse que iria procurar o disco dele. Posso citar o nome de cada presidente dos Estados Unidos nos próximos vinte anos. Posso dizer a maior parte dos vencedores do Oscar de melhor filme, cada vencedor do Super Bowl. Cada vencedor do World Series. Posso até mesmo citar cada vencedor do *American Idol*.

— O que é *American Idol*?

— É um programa de TV. E daqui a doze anos você será uma grande fã dele. O fato é: eu conheço o futuro porque já estive lá. Posso falar dos acontecimentos mundiais. Daqui a um ano uma guerra começará no Kuait.

— Kuait?

— É um pequeno país cheio de petróleo no Oriente Médio. Ano que vem, ele será invadido pelo Iraque e, no ano seguinte, os Estados Unidos entrarão em guerra para salvá-lo. Operação Tempestade no Deserto. É, claro, a maior notícia é que a União Soviética irá ruir.

— Isso é impossível.

— É, assim como o Mike Tyson ser nocauteado por um pobre-diabo, a quarenta e dois por um. Se a história nos ensina uma coisa é que tudo é possível e que o improvável é provável. As mudanças de que lhe falei já começaram.

Baixei os olhos, lutando para processar tudo que ele estava dizendo.

— Sei sobre o seu marido, Marc, e que você nunca contou a Charlotte que ele a traía. Também sei que ele lhe deu um colar de pérolas que você não irá usar. Imagino que por ter sido uma oferta pecaminosa.

— Como você sabe disso?

— Porque Charlotte sabe que está na gaveta de seu *closet* e sempre se perguntou por que você não o usa. Eu sei que nas noites de aniversário de Charlotte, depois que ela pega no sono, você entra em seu quarto e lhe sussurra quão afortunada você é por ela ter entrado em sua vida, e então você se despede de sua menininha.

— Pare com isso — falei.

— Quando Charlotte se casou, você deu a ela o medalhão de ouro em forma de rosa que a sua mãe deu a você.

Gritei:

— Pare! — Comecei a chorar. — Como é que você está fazendo isso? Ele agarrou meu braço.

— Eu falei. Venho do futuro. Posso lhe contar coisas que você não desejará saber. Haverá um incêndio na lavanderia daqui a seis anos.

Um dos funcionários, Bill ou Phil, seja lá qual é o seu nome, morre de ataque cardíaco. O marido de Roxanne tem um derrame.

— Ray?

Ele me encarou.

— Você não quer saber o que sei. Eu já contei demais.

Sentia-me como Alice caindo na toca do coelho. Pousei a cabeça em minhas mãos. Depois de alguns instantes, ergui os olhos.

— Se você é do futuro, por que está tão interessado em mim? Por que não salvar o mundo?

— Porque ele não é meu para que eu possa salvá-lo. O mundo tem o seu destino próprio. Não fui enviado até aqui para mudar o mundo. Apenas o seu.

— Alguém enviou você?

— Não sei, *alguém, algo*. Quem sabe? Talvez seja algum comitê cósmico. Estou aqui porque fiz uma promessa a Charlotte.

— Você conhece Charlotte adulta?

Ele hesitou, seus olhos examinando os meus cuidadosamente.

— Isso será difícil para você.

— O quê? Respirou fundo.

— Beth, Charlotte é minha esposa.

Fitei-o.

— O quê?

Passou as mãos nos cabelos.

— Eu prometi a ela que cuidaria de você.

— Mas você me disse que sua esposa morreu.

Sua expressão se tornou grave.

— Eu falei demais.

— O que acontece com Charlotte?

— Não me pergunte, Beth.

— Diga-me.

Depois de uns instantes, ele ergueu as mãos.

— Nada acontece com Charlotte. Está bem? Esqueça tudo isso. Nada disso é verdade. Sou apenas um lunático que você jamais verá novamente.

— O que acontece com Charlotte?

— Nada.

Agarrei-o.

— Preciso saber.

— Certas coisas é melhor não saber. Você mesma disse.

— Eu estava errada.

Suspirou e balançou a cabeça sobre uma das mãos, cobrindo os olhos. Um minuto depois, endireitou-se.

— Ela contraiu um linfoma intestinal por causa da doença celíaca.

Meus olhos umedeceram.

— Não acredito em você. Eu não sei como você está fazendo isso, mas não acredito em você.

— Ótimo — ele quase gritava. — Não acredite.

Quando consegui falar, indaguei:

— Você é o meu genro?

Não me respondeu.

— Supondo que o que me contou seja verdadeiro, como você chegou até aqui?

Ele balançou a cabeça.

— Não faço ideia. Foi em 2008, apenas três dias antes do Natal. Charlotte e eu fomos a um oncologista para discutir os resultados de sua última quimio e radioterapia. Estávamos esperançosos de que ela tivesse uma remissão, mas estávamos mais que enganados. O médico nos contou que o câncer se espalhara, e que agora teríamos de recorrer a métodos não convencionais. Foi o pior dia de minha vida. Charlotte desmaiou no consultório do médico. Achei que aquilo foi a gota d'água. Depois de tudo que passara, ela finalmente desistira. À tarde, você me ligou para saber como ela estava, e Charlotte me obrigou a mentir para você. Não queria estragar o seu Natal.

Mas ficou de cama depois disso. Mais tarde, na véspera de Natal, deveríamos ir até a sua casa para a ceia, mas Charlotte não conseguiu sair da cama. Ela me faria ligar para dizer a você que não conseguiríamos chegar, mas nos encontraríamos com você pela manhã, para o café.

Comecei a chorar.

— Era por volta das oito quando me deitei ao seu lado e comecei a conversar com ela, para ajudá-la a dormir. Eu sabia que ela estava muito mal, eu só não queria acreditar no quanto. Ela começou a falar de você. Disse que você perdeu todo mundo que amou, e que dedicou toda a sua vida a ela. Charlotte estava chateada por ter decepcionado você.

Enxuguei os olhos com o guardanapo.

— Ela nunca me decepcionou.

— Ela disse: "Quando eu partir, prometa que irá cuidar dela". Respondi: "Você não vai para lugar nenhum", mas ela balançou a cabeça. "Por favor", disse, "prometa-me."

— Eu prometi a ela que faria, e em seguida ela adormeceu. Apenas permaneci deitado ao seu lado, aterrorizado com a possibilidade de perdê-la, pensando se deveria ligar para alguém, rezando por sua vida. — Matthew respirou fundo. — Imaginando se seria a sua hora de morrer. — Ele balançou a cabeça lentamente. — Essa é a penúltima coisa de que me lembro. Foi a última vez que a vi. A lembrança seguinte foi de despertar com um grito. Ergui os olhos para uma mulher desconhecida, de pé em nosso quarto, vestindo um penhoar e gritando a plenos pulmões. Em seguida, um homem entrou correndo com um taco de beisebol. E berrou: "O que está fazendo em nosso apartamento?". Olhei em volta, à procura de Charlotte, mas ela não estava ali. Na realidade, nada parecia certo. Charlotte desaparecera. O quarto estava diferente. As fotos que tínhamos nas paredes sumiram. As próprias paredes eram diferentes, revestidas de madeira. O sujeito com o taco de beisebol me perguntou se eu estava bêbado. Francamente, não sabia ao certo. Nada fazia sentido. Ele me disse: "Você entrou no apartamento errado — agora, saia daqui antes que chamemos a polícia". Não estava em posição de argumentar. Levantei-me e recuei até a porta. Quando saí, o tempo havia mudado. Caía uma forte nevasca. Estava sem casaco, sem luvas ou chapéu, do modo como adormecera na noite anterior. Olhei para o número do apartamento sobre a porta, e era mesmo o nosso apartamento, exceto que todo o resto estava diferente. O nome de outra pessoa estava na caixa de correio. A cerca metálica ao longo do corredor parecia nova, e não enferrujada, e o algodoeiro gigante do lado de fora de nossa janela tinha apenas três metros de altura. Pensei que aquilo só podia ser um sonho. Não tinha a menor ideia do que fazer ou para onde ir. Estava ali, de pé, do lado de fora do apartamento, quando ouvi uma voz. Ela disse: *Vá até a loja de conveniência*. A loja mais próxima ficava no fim da rua, a cerca de um quilômetro e meio de sua antiga casa.

— Minha *antiga* casa? Ele assentiu.

— Você perdeu a que tem agora. Ou teria perdido.

— Se você não tivesse me salvado.

— Perder a casa realmente abalou você. Charlotte certa vez me disse que em algum momento entre a perda de seu marido e de sua casa, sua alma se partiu. Você disse: "Da próxima vez que me mudar, espero que seja para um caixão".

Abaixei a cabeça.

— Eu não deveria ter dito isso — falei, mesmo que ainda não tivesse dito.

— Quando conheci Charlotte, vocês moravam em um apartamento de dois quartos, próximo à lavanderia. Compramos outro apartamento para ficarmos perto de você. Esfregou as mãos nos cabelos.

— Caminhei debaixo da nevasca até a loja de conveniência. Não posso explicar quão bizarro foi aquilo. As revistas tinham fotos de pessoas que ou eu não conhecia ou estavam mais jovens do que quando as conheci, como Tom Hanks, que parecia um menino de doze anos, ou o presidente Ronald Reagan. Quando entrei na loja, peguei uma cópia do *USA Today*. A manchete fazia referência à execução do presidente romeno e de sua esposa. A data no jornal era de 25 de dezembro de 1989. Ainda achava que aquilo era só um sonho estranho e que eu acordaria a qualquer minuto, por isso pedi uma xícara de café. Estava ali de pé, bebendo, quando ouvi o eco da voz de Charlotte me dizendo:

"Prometa-me". Virei-me para a entrada no momento em que você entrou. A princípio, pensei que você era Charlotte. Você é vinte anos mais nova do que a Beth que conheço, tem quase a mesma idade de minha esposa.

Foi difícil para mim ouvi-lo chamá-la assim. Sua *esposa*.

— Sempre achei você bonita, era evidente para mim de quem Charlotte herdara a beleza, eu só não sabia quão bonita você era. Naquele momento, entendi por que estava lá. Você também era a única coisa deste tempo à qual poderia me agarrar. Aproximei-me de você, torcendo para que me reconhecesse, mas é claro que isso não ocorreu. Seria impossível. Você ainda não me conhecia. Não sabia o que falar para você. Quero dizer, o que fazer, contar a verdade? Você mandaria me prender. Percebi que minha única opção para entrar em sua vida seria cortejá-la. Passei os dias seguintes tentando descobrir como sobreviver em 1989. Eu tinha cartões de crédito, mas não estavam ligados a nenhuma conta, e não queria ter que explicar por que tinha um cartão de crédito que vencia daqui a vinte anos. Felizmente, eu tinha um pouco mais de cem dólares no bolso, que vale muito mais agora do que em 2008. Encontrei um apartamento barato, que não exigia depósito adiantado, consegui uma identidade falsa, e comecei a procurar emprego. E então, certa manhã, estava tomando meu café e lendo o jornal de meu senhorio quando percebi que me lembrava dos resultados da maioria das finais de futebol sobre as quais lia. Com os cinquenta dólares que restaram, fui de carona até Wendover e comecei a fazer apostas. Fora para lá também que me dirigi depois que Charlotte foi hospitalizada, era um domingo de Super Bowl, e me lembrei que o San Francisco de Joe Montana vencia o Denver Broncos de John Elway. Foi assim que comprei o BMW.

— O grande negócio de que você estava falando era a partida de boxe. — Por mais bizarro que aquilo soasse, subitamente tudo fez sentido.

— Eu não acompanhava muito o boxe — disse —, mas todo mundo se lembrava daquela luta. É considerada uma das maiores zebras do século. — Ele respirou fundo. — Na noite que me contou que perderia a sua casa, ouvi no rádio sobre a luta entre Tyson e Douglas, que estava por vir. Sabia o que precisava fazer, eu só precisava de mais dinheiro do que tinha para apostar.

Foi por isso que pedi a você que me incluísse no empréstimo. Se lhe contasse o que eu faria, você teria concordado em fazê-lo?

— Teria pensado que você estava louco — disse.

— Exatamente. Estava apenas protegendo você de si mesma.

Balancei a cabeça.

— E eu pensei que você fosse um vigarista.

— Eu teria pensado o mesmo.

Esfreguei minha testa.

— Não consigo acreditar que estamos tendo essa conversa. Que voz é essa de que fala?

— É uma voz calma e baixa, que ouço dentro de minha cabeça.

— É como fica sabendo das coisas?

— Às vezes. Algumas coisas eu sei, simplesmente. Como quando preciso voltar. — Olhou-me com seriedade. — *Se* eu voltar.

— O que quer dizer com *se*?

— Temos escolhas.

— Que tipo de escolhas?

— Eu posso ficar ou partir. É como se o trem retornasse para a estação e eu decidisse subir nele ou não. Mas é o último trem. Se eu embarcar, volto para 2008, volto para Charlotte, para tudo que deixei.

Contemplei-o longamente.

— Eu me lembrarei de você?

Acenou afirmativamente com a cabeça.

— Isto agora faz parte de sua realidade.

— Você irá se lembrar de mim?

Franziu as sobrancelhas.

— Não sei. Daqui a treze anos, Charlotte irá me levar para conhecê-la. Ele não atravessou esse momento ainda. Ele ainda não sou eu. Mas talvez na véspera de Natal de 2008, quando entrarmos em compasso...

Refleti sobre isso.

— E se você não partir?

— Fico aqui com você, e o outro futuro desaparece. Tudo que Charlotte saberá de mim é que sou o homem que ama sua mãe.

— Logo, estou competindo com minha própria filha por seu amor.

Aquiesceu devagar.

— Jamais quis que as coisas ficassem assim.

— Como imaginava que isso ficaria?

Ergueu as mãos.

— Eu não *imaginava* nenhum desdobramento. Não planejei isso quando fiz a promessa a Charlotte. Não sabia que seria arremessado de volta no tempo ou apanhado em algum túnel do tempo, seja lá o que for. Isso é diferente do que ensinam na escola, ou mesmo na missa de domingo. É tudo muito absurdo.

— Se ficar, você se recordará de ter se casado com Charlotte. Tal como se lembra agora.

Assentiu.

— Você verá outra pessoa com ela. Verá ela se apaixonar pelo homem que se tornará seu marido. Conseguirá passar por isso?

Olhou para mim com tristeza.

— Eu não sei.

— Assim como terei de ver outra pessoa com você. — Desviei o olhar por um tempo, então o ergui novamente. Disse, com raiva: — Como pôde deixar que me apaixonasse por você?

— Não era algo que eu pudesse controlar.

— Então como pôde se apaixonar por mim?

— E como não poderia? — tomou a minha mão. — Apaixonei-me por Charlotte porque ela é bonita, atenciosa e forte. Ela é como água doce e pura. Mas você é a primavera. Como poderia *não* ter me apaixonado por você?

— Isso é errado. — Levantei-me e saí do bar, rumo ao estacionamento.

Matthew me seguiu. Quando alcancei meu carro, apoiei-me nele. Matthew se aproximou por trás, e colocou os braços ao redor da minha cintura.

— Eu jamais pretendi me apaixonar por você, Beth. Simplesmente aconteceu. Isso não significa que eu não ame Charlotte.

Virei-me.

— Não posso tomá-lo de minha filha, Matthew. Não importa quanto doa perdê-lo.

— Eu sei. — Respirou fundo, expirando vagarosamente.

— Eu deveria ter partido. Teria sido mais fácil.

— Para mim não. Teria me culpado por perdê-lo. Teria lamentado isso pelo resto da vida.

Nos minutos seguintes, apenas permanecemos ali, o mundo se movendo ao redor, duas pessoas apanhadas entre dois mundos. Toquei seu rosto.

— Quanto tempo temos até você retornar?

— Até a véspera de Natal.

— O que acontece na véspera de Natal?

— Eu retorno para o apartamento. E volto para 2008, para terminar o que deixei por fazer.

— Você volta para ver Charlotte... — Não conseguia dizer. Abaixei a cabeça. — Há três dias, eu pensei que iria me casar com você. — Meus olhos marejaram. Encontrei os olhos de Matthew. — E você sabia de tudo o tempo todo.

— Desculpe. Eu tentei não... — Coloquei o dedo em seus lábios.

— Não é culpa sua. É o que eu queria. — Busquei sua mão. — Por que não me sinto culpada?

— Porque você não fez nada de errado. Charlotte ainda não é minha esposa.

Comprimi meu corpo no dele, pousando a cabeça em seu peito, e Matthew me abraçou.

— Eu sei por que ela se apaixonou por você — falei. Ele beijou o topo de minha cabeça.

Depois de alguns minutos, eu disse:

— A véspera de Natal será daqui a dez meses. O que faremos com dez meses?

Nenhum dos dois falou por um tempo, e então, subitamente, ele me afastou. Para minha surpresa, parecia contente, como se tivesse acabado de resolver algum grande dilema.

— O que você faria se tivesse apenas dez meses de vida, e o dinheiro não fosse problema?

— Eu passaria cada segundo ao lado das pessoas que amo. E eu viajaria. Eu veria tudo que sempre quis ver.

— É isso que faremos. Enganaremos o tempo. Viveremos mais em dez meses do que as pessoas vivem em toda uma vida. Passaremos cada momento juntos, e veremos tudo.

— E a escola de Charlotte?

— Que melhor educação ela poderia ter?

— Enganar o tempo — falei. — Gosto disso. — Olhei-o e também sorri. — O relógio está correndo. O que estamos esperando?

CAPÍTULO
Vinte e nove

*Nada acumulamos além de memórias.
Como somos felizes.*

✦ Diário de Beth Cardall ✦

Curiosamente, uma das coisas que Marc me disse no último verão se tornou meu mantra pessoal: não desperdiçarei um único dia. É uma pena que a maioria das pessoas desconheça quando o seu tempo acabará. Se soubessem, provavelmente viveriam de outro modo. Parariam de desperdiçar tempo com coisas sem importância. Viveriam como se estivessem morrendo.

Tínhamos 314 dias até a véspera de Natal — 7.536 horas. Pretendia viver cada uma delas.

Naquela tarde, sentei-me com Matthew e um bloco de anotações, e começamos a fazer uma lista de tudo que queríamos realizar com o tempo que nos restava. O que as pessoas hoje chamam de "lista de desejos".

— Quero ir para Nova York — falei. — Sempre quis ver a Estátua da Liberdade e assistir a uma verdadeira peça da Broadway.

— Em 1989 — falou, vasculhando a memória. — Acho que *O Fantasma da Ópera* já deve ter estreado. Você vai querer assistir.

— Nunca ouvi falar.

— Você vai ouvir. E vai gostar. Ele se tornará o musical da Broadway em cartaz por mais tempo na história. — Ele anotou isso em nossa lista. — O que mais deseja fazer?

— Quero visitar a Europa, ou ao menos parte dela. Londres, Paris, a Torre Eiffel. E a Itália... — Fiz um intervalo, esperando que ele terminasse de escrever. — Quero fazer o que você fez. Quero morar na Itália. — Pela sua expressão, pude ver que isso o agradou.

— Quando foi a última vez que esteve lá? — perguntei.

— Há quatro anos. Fomos em nossa lua de mel.

Ainda era estranho ouvi-lo dizer essas coisas. Era estranho imaginar a minha filha de seis anos em lua de mel.

— Em junho, voaremos até Mônaco. A comida é fantástica e eu preciso fazer uma aposta.

— Em quê?

— Nas finais da NBA. O Pistons de Detroit vence do Trailblazers de Portland por quatro jogos a um.

Dei risada.

— É tão engraçado o modo como você faz isso.

— É como ter o gabarito da prova no bolso de trás. Felizmente, eu era um viciado em esportes quando jovem, e tenho a cabeça cheia de dados esportivos inúteis. Mas se eu fosse realmente esperto, teria aprendido a fazer um iPod.

— O que é um iPod?

— É um tocador de MP3. Ele reproduz músicas digitalizadas.

— Isso não me ajudou em nada.

— Não se preocupe. Eu darei um a você algum dia — falou. — Então correremos o mundo, e quando estivermos cansados de viajar, alugaremos um casarão em Anacapri, o pequeno vilarejo no topo de Capri, beberemos *limoncello* e faremos longas caminhadas, e não faremos nada o dia todo além de contemplar a água e observar os barcos passarem. — Olhou para mim. — E então, o que acha?

— Vamos fazer as malas.

— Agora?

— Só existe o agora. Temos trezentos e catorze dias. Não quero desperdiçar nenhum.

Matthew, Charlotte e eu estávamos em um avião para Nova York apenas dois dias depois. A cidade era fria, chuvosa, e tudo o que imaginava. Comi o melhor filé de minha vida no famoso Keens Chophouse e, depois do jantar, tomamos uma carruagem até Broadway, onde assistimos ao musical *O Fantasma da Ópera*. Penso que foi a música mais bonita que já ouvi.

Talvez pelo tema do amor não correspondido, tão relevante para mim, fiquei tão tocada pela produção que Matthew insistiu que voltássemos na noite seguinte para assistirmos mais uma vez.

Pegamos uma balsa até a Estátua da Liberdade e depois passeamos pela Ilha de Ellis. Charlotte comeu cachorro-quente sem glúten de um vendedor de rua, tomou leite com chocolate gelado na doceria Serendipity 3 e passou duas horas na seção da Barbie na loja de brinquedos FAO Schwarz.

Quando cansamos de Nova York, voamos até Londres. Passeamos pela Abadia de Westminster e assistimos à troca da guarda no Palácio de Buckingham. Visitamos um punhado de museus, o Museu Britânico em Bloomsbury, o Museu Victoria e Albert e os gabinetes de guerra de Winston Churchill. Compramos para Charlotte um vestido novo e a levamos para um chá da tarde no Ritz. Passeamos pela cidade em um ônibus vermelho de dois andares e sempre nos sentávamos no topo, mesmo que estivesse chovendo. Minha tarde favorita em Londres foi quando passeamos a esmo pelo mercado de Portobello Road, em Notting Hill. (Matthew me contou que, dez anos mais tarde, Notting Hill se tornaria o cenário de um dos filmes preferidos de Charlotte).

No fim da semana, pegamos o trem para Stratford-upon-Avon, onde assistimos a uma apresentação de *Rei Lear*, encenada pela Royal Shakespeare Company, comemos um autêntico peixe com fritas em um pub inglês e pernoitamos em um *bed and breakfast** de Stratford.

Esses foram os dias mais felizes. Tínhamos um bocado de dinheiro e a única coisa que queríamos possuir era a nossa vida. Não fizemos nada com pressa e, com muita frequência, perdemos a noção dos dias.

Em algum momento de abril, rumamos para o sul e atravessamos o canal até a França. Alugamos um carro e visitamos a Normandia e o Memorial da Praia de Omaha antes de nos dirigirmos para Paris, onde subimos tanto na Torre Eiffel quanto na torre dos sinos da Catedral de Notre-Dame.

Visitamos o Louvre por vários dias e, se não fosse por Charlotte (quanto uma menina de seis anos consegue aguentar de arte?),

---

* "cama e café". (N. T.)

teríamos passado muito mais. Consegui ver a *Monalisa*, que me encantou. Acho que foi como conhecer uma celebridade.

Passeamos de carro entre as vinhas de Bordeaux, pernoitando em pequenas pousadas e jantando em restaurantes familiares, e continuamos rumo ao sul até Madri, onde, depois de fazermos o que queríamos, abandonamos nosso carro e voamos até Portugal, passando duas semanas relaxantes em Lisboa.

Em junho, voamos até Monte Carlo, onde ficamos hospedados no luxuoso Hôtel de Paris, e vivemos na opulência que eu conhecia apenas de livros. Matthew apostou nas finais de beisebol, e ficamos para assistir ao torneio televisionado, embora passássemos a maior parte de nosso tempo na praia.

Quando o torneio terminou (e lucramos muito mais do que tínhamos quando deixamos os Estados Unidos), rumamos para a Itália, voando diretamente para Florença. Apenas quando estávamos em solo italiano, eu percebi que Matthew era mais italiano que americano. Era algo gostoso de ver.

Ele se tornou mais apaixonado e não conseguia mais falar sem usar as mãos. Comprei um manual idiomático de italiano antes de deixar os Estados Unidos, e Matthew ensinava a mim e a Charlotte nas viagens entre as cidades.

Nosso primeiro destino italiano foi a pequena cidade medieval de Arezzo, a uma pequena distância de Florença, para assistir ao combate de Sarraceno. Cavaleiros em coloridas armaduras emparelhavam seus cavalos na Piazza Grande, precedidos por porta-estandartes, acrobatas e trompetistas. Charlotte bateu palmas ao ver os cavaleiros atravessarem a praça em direção ao seu alvo, o Buratto, um fantoche com armadura de metal, segurando um escudo.

Compramos para Charlotte bandeirolas coloridas que representavam todos os times que competiam para que ela pudesse balançar cada uma à sua vez. Depois, ela deu as bandeiras para crianças italianas sentadas nas arquibancadas ao nosso redor.

No dia seguinte, tomamos um trem para o norte de Veneza, onde fiz o meu primeiro passeio de gôndola e tomei o meu primeiro *gelato*. Fomos até Murano e vimos artesãos assoprarem o vidro, e depois seguimos para Burano, onde comemos os mais extraordinários frutos do mar.

Saindo de Veneza, viajamos para o oeste, até Verona, onde Charlotte e eu subimos na sacada de mármore da casa de Julieta Capuleto e acenamos para Matthew, que fazia o papel de nosso Romeu. Há uma pequena estátua de Julieta no pátio e, como é o costume, Matthew esfregou o peito de Julieta, para ter boa sorte, embora tudo que tenha conseguido foi um tapa brincalhão, desferido por mim.

Depois, viajamos para La Spezia e passeamos em Cinque Terre, as cinco cidades cheias de gatos sobre colinas, um verdadeiro cartão-postal.

No fim de julho, voltamos para o sul, em Florença, e passamos vários dias visitando as atrações turísticas: a Catedral de Duomo e o Batistério, a Galeria Uffizi, a Accademia com o *Davi* de Michelangelo e a Ponte Vecchio. Ficamos em um *bed and breakfast* toscano — um *agriturismo* — onde o proprietário nos brindou com garrafas do azeite da casa e, para o nosso mais profundo deleite, provamos dos queijos toscanos.

Para onde quer que fôssemos, a comida era extraordinária, e Matthew se certificou de que eu experimentaria tudo, de *raioli alla crema di noci* (ravióli com creme de nozes) a *arancina* (pequenas laranjas). Havia o suficiente para Charlotte comer, também, embora sua comida preferida fosse sempre o *gelato*.

Em Florença, alugamos uma Vespa, e fomos os três até a cidade medieval de San Gimignano, "a cidade das belas torres". Durante toda a semana seguinte, viajamos pelo interior em nossa pequena lambreta, parando quando tínhamos vontade, a caminho de Siena. Chegamos a Siena a tempo de assistir à corrida de bigas de cavalos e celebrar o sétimo aniversário de Charlotte.

Dois dias depois, tomamos o trem Eurostar e, seguindo para o sul, chegamos a Roma. Começamos nossas férias romanas no *Stato della città del Vaticano* (Cidade do Vaticano), onde fizemos o *tour* pela Basílica de São Pedro e a Capela Sistina; em seguida, após o almoço, percorremos o Coliseu, o Fórum Romano e a Piazza Venezia. Foi um dia cheio, e estava exausta quando finalmente paramos para jantar em um restaurante subterrâneo, livre de turistas, chamado *Alle due*

Fontanelle. A comida era espetacular, embora eu estivesse cansada demais para comer. Não creio que minha exaustão se devesse apenas ao dia; acredito que tenha sido provocada pelo acúmulo dos últimos cinco meses.

Estava provando o meu *tiramisù* quando Matthew falou:

— O Vaticano é o menor país do mundo. E Mônaco é o segundo menor. Fico imaginando qual seria o terceiro.

— As Ilhas Pitcairn — falei.

— O quê?

— As Ilhas Pitcairn. Ficam no Pacífico Sul.

Parecia impressionado.

— Como sabe disso?

— É onde filmaram *O grande motim*.

— O que é *O grande motim*?

— É um filme antigo. De *antes* de sua época.

— É sempre estranho quando você diz isso. — Ele se aproximou e afagou meu pescoço. — Você está bem?

— Acho que estou pronta.

— Para pedir o café?

Sorri.

— Para sossegar.

— *Mamma mia, finalmente* — disse. — Você quase acabou comigo. Estou me arrastando desde Cinque Terre. Você parece o coelhinho da Duracell.

— O quê?

— Desculpe, isso é de *depois* de sua época.

Apontei o dedo para ele.

— E, então, por que você e Charlotte não sossegam amanhã, descansam, fazem compras e se divertem, e eu tomarei as providências para Capri. *Bene?*

A ideia me encheu de alegria.

— *Bene* — respondi. Virei-me para Charlotte, que estava deitada com a cabeça sobre a mesa, quase sem conseguir manter os olhos abertos. — Você quer morar em uma ilha?

— Tem tigres lá?

Sorri, e Matthew soltou uma risada.

— Não, querida — falei.

— Está bem.

Naquela noite, quando fomos para a cama, eu disse a Matthew:

— Há algo que não entendo. Sua versão jovem... — Não sabia ao certo como perguntar isso. — Em 1990, você tinha apenas dez anos de idade.

— Certo.

— Isso quer dizer que você ainda está na Itália. Mas também está aqui. Existem dois de você.

— Realmente não sei. Não sei bem como isso funciona. Mas estou quase certo de que meus pais estão em Sorrento.

— E se você cruzar com os dois acidentalmente?

— Então haverá uma ruptura na ordem do tempo, e o mundo e o universo desaparecerão abruptamente.

Encarei-o.

— Sério?

Ele rompeu em gargalhadas.

— Não. Eu apenas vi isso em um programa de ficção científica, uma vez. Eles não me reconheceriam, é claro, ou não mais do que se uma Charlotte de trinta anos aparecesse agora em sua frente e pedisse ajuda para encontrar um endereço.

— Mas e se você encontrar consigo mesmo?

Um leve sorriso passou por seu rosto.

— Isso seria bacana.

CAPÍTULO
Trinta

*O mundo seria um lugar melhor se as pessoas
e os países aprendessem esta única lição:
desejar certa coisa não faz daquilo algo seu.*

✦ Diário de Beth Cardall ✦

Há algo que você talvez esteja se perguntando. Durante esses dez meses juntos, dúzias de cidades e milhares de quilômetros, Matthew e eu nunca ficamos íntimos. Eu sei, no mundo de hoje, isso pode não soar verossímil, mas a nossa relação não surgira no mundo de hoje. Não digo que não houvesse vezes em que essa abstinência não tenha sido uma tortura. Seria uma mentira. E certamente nutríamos afeição um pelo outro. Mas, por mais que amasse e desejasse Matthew, ele ainda era o futuro marido de minha filha. E isso fazia toda a diferença. O amor dá forças para fazer o que é certo. Mesmo quando é algo difícil.

No que diz respeito a isso, Matthew e eu nunca conversamos sobre os nossos desejos, ou mesmo sobre nossa castidade. Era um acordo implícito.

Uma vez, porém, em um momento de descontração, disse a ele:

— Se eu tivesse um filho seu e você retornasse para 2008, seu filho seria seu cunhado.

Ele pensou no assunto por um tempo, e respondeu:

— Isso é simplesmente bizarro.

— Completamente bizarro — falei.

E desatamos a rir.

CAPÍTULO

Trinta e um

*Por benevolência ou descuido,
há recantos do Éden que Deus deixou nesta terra.*

✦ Diário de Beth Cardall ✦

Capri é um sonho, uma saliência de pedra calcária recortada que se projeta no azul-cobalto do Mar Tirreno, logo a oeste da Península Sorrentina. Júlio César admirava tanto essa bela ilha que trocou terra fértil por essa rocha.

Desde então, ela foi adorada por artistas de todo o mundo, do grande autor russo Górki ao compositor clássico francês Claude Debussy, que chegou mesmo a batizar um de seus prelúdios de "Les collines d'Anacapri" em homenagem a Anacapri — uma pequena comunidade aninhada no cume das montanhas de Capri. Era o local perfeito para a nossa vida naquele tempo, uma paisagem surreal. Uma sinfonia.

Matthew encontrou um casarão para nós em Anacapri. A casa ampla e espaçosa já estava mobiliada e tinha paredes brancas de estuque, cobertas de quadros de artistas locais e cerâmicas vibrantes. Atrás da casa, um grande terraço ladrilhado de terracota abria-se para o mar. As paredes externas também eram caiadas, embora estivessem cobertas em sua maior parte por buganvílias púrpuras, uma planta repleta de flores, que escalava as paredes como uma trepadeira. A área para além de nosso casarão era povoada de ciprestes, arbustos amarelos e limoeiros que produziam frutos maiores que laranjas.

Quando me volto para contemplar a minha vida,
nunca fui tão feliz quanto em Capri,
e os dias passaram rápido demais.
Infelizmente, a felicidade surgiu com data de validade.

✦. Diário de Beth Cardall .✦

Outubro chegou. Houve uma noite em particular que jamais esquecerei.

Passamos o dia em um pequeno barco a motor, explorando as enseadas em torno da ilha até ficarmos exaustos e queimados de sol. Paramos perto do cais para jantar e, em seguida, fomos para casa. Matthew pôs Charlotte para dormir, e eu fui até o terraço e me pus a contemplar o mar tremulante.

O ar estava fresco e úmido, carregado do aroma doce dos limoeiros de Capri.

Estava sentada, simplesmente feliz por não ter nada a fazer, os pensamentos tão vagos e errantes quanto o mar. Meu devaneio foi interrompido pela voz de Matthew.

— Posso te fazer companhia? — trazia uma xícara de porcelana com chá em cada uma das mãos.

Ergui os olhos e sorri.

— É claro.

Pousou o chá sobre a pequena mesa com a tampa de azulejo ao meu lado e se sentou, compartilhando comigo aquele horizonte.

— A noite está linda — ele disse.

— É sempre linda — falei.

— *Sempre bella* — ele repetiu calmamente. — Você está quieta hoje. O que anda pensando?

— É o aniversário da morte de Marc.

— Eu não sabia. Sinto muito.

— Eu não — retruquei com tristeza. Olhei para ele. — Fico imaginando o que teria acontecido se ele não tivesse contraído câncer. Ele teria me contado? Ou meu casamento inteiro seria uma mentira? — Beberiquei o chá e deixei que mergulhássemos no silêncio. — Minha vida teria sido diferente — falei, subestimando a importância dessa verdade atenuada. Poucos minutos depois, perguntei: — Como você e Charlotte se conheceram?

Viramo-nos para o mar.

— Nós nos conhecemos na festa de um amigo. Ela estava com alguns de seus amigos. Eu já estava perdido no momento em que pus os olhos nela. Você precisava vê-la. — Sorriu. — Imagino que irá ver.

— Vocês têm um casamento feliz?

Ele hesitou.

— Somos muito felizes. Charlotte me ensinou a amar. Como disse em nosso primeiro encontro, ela é tudo para mim. Mas vê-la enfrentar um câncer... — Ele parou. — Foi como ter o meu coração despedaçado, pedaço por pedaço. Ele pousou o chá e se virou para mim. — Tenho medo do futuro, Beth. Preciso voltar, mas eu tenho mais medo do que poderia expressar a você.

— Quando voltaremos? — perguntei.

Deu um grande gole no chá, acompanhando o horizonte dourado com o olhar.

— Saberemos quando o momento chegar — falou. — Você saberá.

CAPÍTULO
Trinta e dois

Há aquela anedota, em que um cavalheiro lia o seu jornal a bordo de um trem, quando o condutor gritou: "Os freios não funcionam, estamos ganhando velocidade e iremos bater na estação — todo mundo para fora do trem!".

Os passageiros começaram a saltar. Quando o próprio condutor estava prestes a pular, viu o cavalheiro, ainda lendo seu jornal despreocupadamente. "Você não vai saltar?", perguntou.

O cavalheiro respondeu: "Vou esperar até chegarmos à estação para decidir".

Eu deveria ter saltado antes de o trem ganhar velocidade.

✨ Diário de Beth Cardall ✨

Os dois meses seguintes passaram como um sonho — mas todos os sonhos nascem com a expectativa do despertar. À medida que *o dia* (como comecei a chamá-lo) se aproximava, encontrei-me relutando mais e mais com minha decisão de deixar Matthew partir, e uma batalha se travava em meu coração. *Eu também não mereço a felicidade? Eu também não tenho direito ao amor? Não dei tudo por minha filha? Ela não deseja a minha felicidade também?*

Certa tarde, eu observava Matthew ensinar italiano para Charlotte quando dei comigo amargurada com o tempo que ele passava com *ela*. Dei comigo amargurada com *ela*.

O ciúme é tão discreto quanto uma erva daninha. Não reparei em suas primeiras investidas em meu peito, mas lá estava ele, preenchendo as lacunas de nosso relacionamento, crescendo mais forte a cada dia e nos afastando um do outro. Eu não estava apenas amargurada com ela, estava amargurada com *os dois*, o futuro casal. Dei comigo com cada vez mais raiva de Matthew. *Por que ele não estava lutando por mim? Por que ele ao menos não pediu para ficar? Será que alguma vez ele me amou?*

Estávamos na metade de dezembro. Matthew descera até a ilha, para comprar peixes frescos para a ceia, e levara Charlotte com ele. Eles demoraram muitas horas a mais do que eu esperava e, à medida que o crepúsculo irrompia, sentia mais raiva a cada tique do relógio. Quando finalmente chegaram em casa, eu descontei tudo nele.

— Onde você esteve?

— *Amore* — respondeu. — *Mi dispiace*, o pescador era um amigo meu e se ofereceu para levar Charlotte à Gruta Azul.

— Enquanto eu ficava aqui sentada, sozinha, imaginando onde você estava?

Ele se inclinou sobre Charlotte, sussurrou em seu ouvido, e ela correu para o quarto. Depois, ele apenas olhou para mim, analisando-me cuidadosamente.

— Desculpe. Não achei que se importaria.

— Você não achou que eu me importaria ou você simplesmente não se importou? — Saí violentamente da sala em direção ao meu quarto, bati a porta e me atirei na cama.

Um minuto depois, ele bateu na porta, mesmo que ela não tivesse fechadura.

— Beth, podemos conversar?

— *Sai!* — gritei.

Ele ficou quieto por um momento, então disse gentilmente:

— Por favor, posso entrar?

Eu chorava muito. Ele abriu a porta, caminhou até a beira da cama e se ajoelhou ao meu lado.

Falei:

— Por que você não quer ficar comigo? Por que passa tanto tempo com ela?

Ficou em silêncio por um momento, em seguida, respondeu.

— Beth, não estou apenas dando adeus a você. — Ele tomou a minha mão. — Quando eu voltar, não sei se terei mais tempo com ela. Estes são os últimos momentos que terei com minha esposa, tente se lembrar que foi por ela que vim.

Fui tomada de modo tão egoísta por minha perda e meu tempo que nem sequer cheguei a considerar para onde ele estava voltando. Enchi-me de uma enorme vergonha.

— Desculpe. Eu sinto tanto. Perdoe-me, por favor.

— Você não precisa ser perdoada — acalmou-me. — Eu jamais jogaria seu amor por mim contra você.

Deitou-se na cama ao meu lado e me enlaçou com seu braço. Quando consegui falar, eu disse:

— Está na hora.

— Tem certeza?

— Sim. — Não queria olhar para ele. — Sinto tanto medo.

Enlaçou os dois braços ao meu redor. Abraçou-me enquanto eu chorava. Quando finalmente me acalmei, ele disse:

— Partiremos na segunda-feira.

Ele me deu um beijo rápido no rosto, levantou-se e saiu do quarto.

Assim que a porta se fechou, comecei a chorar de novo. Já conseguia senti-lo se esvaindo para longe. Ele não era meu, nunca foi, mas eu estava aterrorizada em perdê-lo.

CAPÍTULO
Trinta e três

*Fiquei imaginando se aqueles que dizem que
"é melhor ter amado e perder do que nunca ter
chegado a amar" perderam aqueles que amaram.*

✦. Diário de Beth Cardall .✦

Uma hora depois, Matthew retornou. Deitou-se ao meu lado e segurou minha mão a noite toda. Normalmente, quando meu coração está tomado pela dor, uso o sono como uma fuga, mas não dessa vez. Dor ou bênção, não queria perder nenhum momento de seu toque. Apenas ali, o abracei, sentindo seu corpo contra o meu, absorvendo seu calor como se de algum modo eu o estivesse armazenando. Não sei quando adormeci, mas quando acordei de manhã, o sol já estava alto sobre as montanhas sorrentinas.

Matthew virou-se e disse:

— Gostaria de levá-la para jantar esta noite. Apenas nós dois.

— Eu apreciaria muito.

— Estarei em Capri na maior parte do dia tomando providências. Pedirei à *Nonna* Sonia para cuidar de Charlotte esta noite. Está bem?

"Vovó" Sonia era a nossa faxineira, embora parecesse mais um membro da família do que uma empregada.

— Está bem — respondi.

Passei a maior parte do dia com Charlotte. Precisava contar a ela que iríamos embora. No começo da tarde, tomamos o teleférico até o topo do Monte Solaro. Do alto do monte, tínhamos uma visão panorâmica da ilha, de Nápoles e, ao sul, da costa amalfitana. Comprei uma Fanta Laranja para ela, e nos sentamos em um banco.

— Estamos a uma grande altura — falei para Charlotte. — Este é o lugar mais alto de Capri.

— Este é o lugar mais alto do mundo?

Balancei a cabeça.

— Não. Apenas de nosso mundo. — Aproximei-a de mim. — Está na hora de voltarmos para casa, querida. — Percebi que ela poderia não saber mais ao certo onde ficava nossa casa. — Para a nossa casa em Utah.

Ela abaixou os olhos sem dizer nada.

— Você gostou de morar aqui?

— Eu quero morar aqui para sempre — respondeu. — Com Matthew.

Dirigi o olhar até ela.

— Jamais se esqueça disso. Seu desejo pode se tornar realidade.

Naquela noite, usei um vestido de linho branco feito à mão, que Matthew comprara para mim de um costureiro de Anacapri. Fomos até um pequeno restaurante a cerca de vinte minutos da *piazza*, longe dos turistas e dos lugares frequentados por eles.

Foi difícil encontrar as palavras adequadas para o momento, por isso apenas comemos. Pedi a Matthew que escolhesse por mim, e jantamos ravióli com manteiga de sálvia e macias costeletas de boi com parmesão e rúcula. Terminamos a refeição, bebíamos um *prosecco* em belos cálices de cristal quando Matthew falou:

— Tenho algo para você. — De sob a mesa, tirou um pequeno estojo de cedro. Vislumbrei o estojo e, em seguida, seus olhos.

— Quero que você o abra para mim.

Segurou o estojo em minha frente e ergueu a tampa. No interior revestido de veludo, havia um pingente de camafeu de um azul espectral, ligado a um cordão dourado.

Cobri a boca com a mão.

— Eu comprei em Positano. Estava apenas esperando o momento certo.

Permaneci admirando a joia. Era linda. O camafeu tinha o perfil de uma mulher, entalhado em uma concha de molusco, afixado em um engaste de ouro.

— Gostou?

— Oh, Matthew.

Ele tirou o colar do estojo.

— Vamos ver como fica em você.

Colocou-o em meu pescoço e prendeu o fecho. Penso que as coisas mais simples, quando ameaçadas de extinção, adquirem um valor inestimável. O toque de suas mãos em meu pescoço encheu-me de um prazer delicado. Ele se sentou em minha frente e baixei os olhos até o camafeu, tocando-o de encontro ao peito.

— Obrigada.

— É algo para se lembrar de mim.

Falou isso como se fosse possível esquecê-lo.

— Eu não preciso de nada para me lembrar de você, ou desse tempo que passamos juntos. Eu jamais poderia esquecer. — Olhei-o nos olhos. — Sabe do que mais tenho medo?

Balançou a cabeça.

— Não, *amore*.

— De que você não se lembre de mim.

Na manhã seguinte, guardamos nossos pertences. Pouco depois do meio-dia, um caminhão estacionou na frente do casarão, e os dois amigos de Matthew, netos de *Nonna* Sonia, Salvatore e Dario, ajudaram-nos com a bagagem e nos conduziram montanha abaixo, até o porto de Capri.

Naquela hora, vários barcos grandes estavam atracados no cais e a cidade estava apinhada de turistas.

Utilizando carrinhos de mão, nossos amigos transportaram nossa bagagem em meio à multidão, ao longo do extenso píer de madeira, rumo a uma balsa na ponta mais extrema do cais.

Despedimo-nos com beijos, embarcamos na balsa alguns minutos antes de ela se afastar do porto. Em nenhum momento virei para trás, para minha amada Capri. Não pude.

Em Sorrento, Matthew arranjou um táxi e fomos até a estação de trem, onde subimos em um trem para Roma.

Era tarde, quase onze da noite, quando desembarcamos no Roma Termini e demos entrada no Ambasciatori Palace Hotel, na Via Veneto, ao lado da Embaixada dos Estados Unidos e da Igreja dos Cappuccinos, com seus quatro mil residentes.

Dormimos durante boa parte da manhã seguinte. Matthew resolveu mais alguns negócios no saguão, e já era de tarde quando saímos como uma família para a nossa última noite na Itália.

Ao pôr do sol, fizemos uma refeição na Piazza Navona, com suas três estátuas de Bernini. Foi um momento soturno, e apenas Charlotte tinha muito a dizer, enquanto corria animada entre fontes, artistas, comerciantes e mímicos sobre as pedras arredondadas do pavimento.

Matthew e eu bebemos os nossos *cappuccinos*, e então, de mãos dadas com Charlotte, caminhamos pelas calçadas movimentadas por quase um quilômetro até a Fontana de Trevi, escoadouro final dos antigos aquedutos romanos.

Podem-se escutar as águas de Trevi antes de chegar à fonte, que sempre fica apinhada no fim da tarde. À noite, as águas azuis iluminadas cintilam sedutoramente abaixo das estátuas, lançando tramas douradas sobre a fachada de mármore. A figura central de Trevi é um Netuno, o deus grego das águas, segurando um tridente, ladeado por dois Tritões, um tentando imperar sobre um cavalo-marinho selvagem, o outro conduzindo um cavalo-marinho domado, simbolizando os humores contrastantes do mar.

Segurando firme nas mãos de Charlotte, descemos a escadaria cheia até o muro de mármore da fonte. As águas gorgolejantes abafavam os ruídos da multidão, e olhei para Matthew, que contemplava a fonte perdido em pensamentos. Então, vi-o mergulhar a mão no bolso e retirar algumas moedas. Inclinou-se para falar comigo.

— Reza a lenda que se você atirar uma moeda na fonte, voltará para Roma. Se atirar duas, encontrará um amor. — Entregou-me as moedas.

Balancei a cabeça.

— Então não quero nenhuma moeda. — Meus olhos marejaram enquanto dava as costas para ele.

— Beth. — Ele agarrou os meus ombros e me virou para olhar em meus olhos.

— Eu encontrei um amor, Matthew. Não quero amar mais ninguém e não quero voltar aqui sem você.

Durante um momento, ele não fez outra coisa senão me olhar, seus belos olhos refletindo a minha tristeza. Em seguida, falou:

— Se é isso que eu trouxe para sua vida, fracassei. Prometi retornar para cuidar de você, não para tomá-la para mim. Eu vim para trazer esperança, não para fechar as portas.

Virei o rosto. Mantive a cabeça baixa por muito tempo, depois a levantei de novo, deparando-me com o teatro palpitante à minha volta, a multidão vibrante e animada — os turistas com suas máquinas fotográficas, os estudantes de rosto jovial, com seus jeans e tênis, as jovens norte-americanas com o olhar esperançoso, as mulheres italianas com seus lábios repreensivos, os meninos ciganos vendendo rosas — cada uma dessas pessoas desempenhando seu papel, cada uma delas representando a sua parte. E então, percebi o que aquilo poderia me ensinar: que a vida prosseguiria. Tal como a água da fonte fluía todas as noites para olhos diferentes, com ou sem ele, minha vida ainda se agitaria, fluiria e borbulharia. Desviei o olhar das águas, dirigi-o para os olhos de Matthew e estendi a mão.

— Eu quero duas moedas.

Ele segurou minha mão enquanto depositava as moedas sobre ela. Fiquei de costas para a fonte e atirei as duas moedas sobre os ombros.

— *Brava* — falou com os olhos úmidos.

— Vamos para casa — respondi.

Levantamo-nos cedo na manhã seguinte e tomamos um táxi até o Aeroporto Leonardo da Vinci. Nosso voo foi direto até o aeroporto JFK, em Nova York, com uma conexão para Salt Lake City. Passamos pela alfândega, fizemos um novo *check-in* de nossa bagagem e embarcamos em um novo voo. Chegamos a Utah por volta das seis horas do mesmo dia.

Como de costume, fiz os cálculos — era duas da madrugada na Itália.

Não estava nevando quando aterrissamos, mas fazia um frio glacial e a paisagem estava branca, debaixo do cobertor de neve.

Roxanne e Ray nos apanharam do lado de fora do terminal. Curiosamente, até mesmo Roxanne, para variar, parecia desanimada, como se tivesse percebido que havia um luto a ser feito. Enquanto percorríamos de carro as ruas calmas e enfeitadas do caminho de casa, nossos dez meses já pareciam um sonho. Não podia acreditar que nosso tempo juntos havia terminado. Pode-se enganar o tempo, mas ele irá nos encontrar.

CAPÍTULO

Trinta e quatro

Faltam três dias.

✦ Diário de Beth Cardall ✦

Andamos devagar naqueles últimos dias, como se a velocidade de nossas ações pudesse, de alguma forma, desacelerar o tempo. Para a minha frustração, Matthew esteve fora durante a maior parte da tarde do dia 22 e na manhã do dia 23. Na tarde do dia 23, ele me levou até meu quarto para conversarmos. Havia assuntos práticos, disse, que pareceram amargos para mim, como planejar o próprio funeral. Ao olhar para trás, vejo que aquela foi a conversa mais interessante de minha vida.

Sentamo-nos no chão, um de frente para o outro. Matthew carregava uma pasta sanfonada cheia do que depois descobri serem certificados e documentos. Matthew discorreu com a conduta impassível de um consultor financeiro.

— O que estou entregando a você agora é toda a informação prática de que irá precisar para sempre. Esta manhã eu saldei a hipoteca da casa, agora ela pertence a você sem qualquer problema. Você ainda tem mais de dois milhões de dólares em suas contas. Ao longo dos últimos dias, eu distribuí esse valor em fundos que operarão bem ao longo dos próximos dezoito anos. Existem algumas empresas em que você precisará investir e que ainda não foram fundadas ou se tornaram públicas. Uma delas se chama Google. Ela se tornará pública em 1996. A outra é o YouTube, em 2005. O YouTube será um fundo privado, de modo que anotei instruções especiais sobre quem contatar. É muito importante que você invista as quantias exatas nos momentos em que deixei registrado. Se fizer o que estou dizendo, você será mais rica do que sempre sonhou. Não permita, repito, não permita que ninguém altere ou mexa nessas contas. Haverá pessoas que tentarão dissuadi-la, ou julgarão que sabem mais do que você. Elas não sabem. O melhor que podem fazer é dar um palpite educado. Eu não estou dando um palpite, eu li a última página. Eu sei como a história termina. Prometa-me que irá fazer exatamente o que eu mandar.

— Eu prometo.

— Você se lembra de como a ludibriei para me incluir como cossignatário de seu empréstimo imobiliário?

Balancei a cabeça.

— Nunca mais faça isso. Haverá tentações. Haverá tolos. O dinheiro atrai os tolos. Não entre na deles.

Ele retirou um envelope da pasta.

— Há um fundo para a educação de Charlotte. Ela irá se formar em história da arte e decidirá estudar na Universidade de Utah, principalmente para estar perto de você. Este fundo garantirá mais do que ela precisará para as mensalidades, os livros e a moradia.

Ele pegou outro envelope.

— Este pacote aqui é sensível ao tempo. Não mexa nestes fundos até a data que anotei e, em seguida, certifique-se de retirar todo o dinheiro de lá. As datas que escrevi são vagas, baseadas no que pude me lembrar, de modo que se estiverem um pouco imprecisas, não se preocupe. Elas servirão. Se quiser comprar algo grande, como uma mansão, um iate, ou qualquer coisa...

Interrompi-o.

— Por que eu iria querer essas coisas?

— Não estou dizendo isso, apenas que qualquer grande gasto precisa sair deste fundo. Esta é a sua receita líquida. Nunca gaste mais do que há nesta conta, ou irá matar a galinha dos ovos de ouro. As pessoas enriquecem, enlouquecem e perdem tudo. A maioria dos ganhadores da loteria acaba falida. É a regra. Enquanto seguir o caminho que tracei para você, estará a salvo. Pise fora dele uma única vez e voltará a passar casacos ou grampear cupons. — Olhou-me nos olhos. — Entendido?

— Entendido.

— Ótimo. — Ele suspirou e pegou outro pequeno pacote. — Isso pode parecer um pouco egoísta, mas este fundo é para mim e Charlotte. Valerá muitos milhões depois de maturar. Não poderemos acessá-lo até atingirmos os trinta anos. Fiz isso intencionalmente, pois não quero estragar o futuro para onde estou retornando e não quis prejudicar Charlotte. É melhor que ela não saiba desse fundo até que ele mature.

— Está bem.

— Agora o talão de cheques, o verde é o que eu chamo de conta do Dinheiro Louco. É uma conta de juros. É com ela que você fará as apostas. Eu fiz uma lista com todos os vencedores do Super Bowl e da NBA nos próximos quinze anos. Aposte o dinheiro desta conta e deposite nela os ganhos. Nunca aposte mais do que a metade do dinheiro de uma vez, só para o caso de eu ter cometido um engano. — Ele segurou a minha mão. — Isso tudo faz sentido para você?

Assenti com a cabeça.

— Sei que é muita coisa, mas deixei tudo anotado. Este é seu novo trabalho, administrar seu dinheiro. Prometa-me que fará apenas o que eu disse para fazer.

— Eu prometo.

— Enquanto permanecer no comando, os lobos não irão apanhá-la. Saia dele...

— E serei devorada.

— Exatamente. — Ele respirou fundo e colocou a pasta de lado. — Está bem, chega de falar de dinheiro. Existem outras coisas que deve saber sobre o futuro. Fiz isso para você. — Ergueu um pequeno bloco de notas que estava do seu lado. — Anotei algumas coisas que, a meu ver, serão úteis. Algumas são importantes, outras são apenas interessantes. Por exemplo, você conhece o grupo Milli Vanilli?

— Os cantores — falei. — Eles acabaram de ganhar um Grammy de artista revelação.

— Sim, bem, eles são farsantes. Não são eles que cantam.

— O quê?

— Isso virá a público no ano que vem. — Virou algumas páginas. — Aqui está algo para daqui a seis ou sete anos. Harry Potter será muito grandioso, e, se quiser, registre um endereço virtual assim que puder. Você poderá vendê-lo depois. A autora ficará bilionária, por isso não venda por menos de cem mil dólares. Confie em mim.

— Quem é Harry Potter?

— É o protagonista de uma série de livros sobre um menino bruxo.

— Bruxo?

Confirmou com a cabeça.

— Será um fenômeno.

Folheou mais algumas páginas.

— Ah, isto é muito, mas muito importante. Fique longe de Nova York e de maneira nenhuma viaje de avião no dia 11 de setembro de 2001.

— Por quê?

— Isso é algo que não posso contar. Apenas confie em mim. — Virou mais algumas páginas. — Entraremos duas vezes em guerra contra o Iraque.

— Na segunda vez, estaremos em busca de armas de destruição em massa, mas nunca encontraremos nenhuma. Mas, no final, encontraremos Saddam Hussein.

— Quem é ele?

— Você irá descobrir. Preenchi este caderno inteiro com informações como essas. Trocando em miúdos, nas próximas duas décadas você ouvirá falar de cenários apocalípticos, previsões medonhas, propagandas que dirão que "o sangue correrá pelas ruas". Nada disso irá acontecer. Fique tranquila, o mundo continuará existindo.

Ele me entregou o caderno e a pasta.

— Proteja essas informações, não conte a ninguém sobre elas, nem para Roxanne, e nem mesmo para Charlotte. Você não desejará essa responsabilidade e não vai querer estragar o futuro.

Pôs a mão no bolso, retirou uma pequena chave de latão e a entregou para mim.

— Se acaso houver algum incêndio ou algo do tipo, e esses documentos forem destruídos, haverá cópias de tudo isso neste cofre particular. Está no banco onde você tomou o empréstimo imobiliário.

— Obrigada — agradeci.

— É por isso que estou aqui, não é? — levantou-se. — Ah, mais uma coisa. Quando eu aparecer no dia da festa de vigésimo primeiro aniversário de Charlotte, não diga que minha braguilha está aberta na frente de todo mundo. Aquilo foi muito constrangedor.

— Eu fiz isso?

— Sim, você fez.

— Desculpe.

CAPÍTULO
Trinta e cinco

Não se engane — o dia do acerto de contas sempre chega pontualmente. Podemos ignorar o rochedo que se aproxima, mas não podemos ignorar a colisão.

✦ Diário de Beth Cardall ✦

Na manhã de 24 de dezembro eu estava totalmente confusa. Acordei chorando e afundei nos braços de Matthew. Ele me abraçou, mas não disse nada. Ele também estava triste. Tentei me ocupar durante toda a manhã fazendo atividades normais, como se houvesse qualquer coisa de normal naquele dia. Fiz *waffles* para o café da manhã, esquecendo-me de que Charlotte não podia comê-los, e nem Matthew nem eu estávamos com fome.

Por volta do meio-dia, deixei a Charlotte na casa de Roxanne, sob a desculpa de que precisava fazer os preparativos para a chegada do Papai Noel, e voltei para casa. Matthew estava sentado na sala de estar. Amarrava os sapatos.

— Você precisa fazer as malas? — perguntei.

— Para quê?

— Desculpe — respondi. — Isso é novo para mim.

— Você quer almoçar alguma coisa?

— Para falar a verdade, não sinto fome — disse —, mas farei companhia a você.

— Eu também não tenho fome, só preciso sair daqui antes que eu enlouqueça.

— Está bem — respondi —, vamos.

As ruas estavam insanamente cheias de compradores de última hora.

Fomos a um pequeno café francês em Holladay, mas a espera seria de mais de uma hora, e acabamos pedindo nossas saladas e bebidas para viagem, depois fomos até um parque próximo. Sentamo-nos ao lado de uma mesa de metal para piqueniques, debaixo de um toldo aberto, a respiração congelando diante de nós.

Conversamos sobretudo acerca de nossos últimos dez meses, nossas cidades e restaurantes favoritos, o tamanho dos limões em Capri, a fábrica de vidro de Murano e os frutos do mar de Burano, e gargalhamos descontroladamente com Niccola, o belo italianinho que nos conduziu por Pompeia, chamando os outros guias de "idiotas" e terminando cada declaração com "obrigado". Conversamos sobre tudo, exceto o tique-taque do relógio.

Não era preciso. Podia jurar que o escutava.

— Você já decorou a história? — ele me perguntou.

Balancei a cabeça.

— Sua avó morreu na noite passada em Sorrento, por isso precisou partir às pressas para chegar a tempo de acompanhar o funeral. Enquanto está lá, você morre em um acidente de carro.

Matthew assentiu.

— Os detalhes você improvisa. Você acha que conseguirá convencer Roxanne? Talvez precise fingir que está chorando.

— Não parei de chorar desde que deixamos Capri, e você nem partiu ainda. Não creio que isso será um problema.

Franziu a testa.

— Você acha que Charlotte aceitará bem?

— Não muito. Mas irá sobreviver. Não é a primeira vez que perde alguém próximo. Tomarei conta dela. — Girei a xícara entre as mãos. — Há alguma coisa que deva saber sobre Charlotte?

— Nada que eu já não tenha dito.

— Sobre os garotos...

— Você não deve se envolver muito, isso pode afastar Charlotte de mim. Apenas seja você mesma.

Concordei com a cabeça.

Chegamos em casa por volta das três. Eu estava tão esgotada emocionalmente que decidi tirar um pequeno cochilo. Acordei com Matthew me sacudindo com delicadeza.

— Chegou a hora — disse baixinho.

Sentei-me.

— O quê? Que horas são?

— Seis horas.

Meus olhos imediatamente se encheram de lágrimas.

— Por que você não me acordou antes?

Ele beijou meu rosto.

— É melhor assim. — Ajoelhou-se ao meu lado, na beira da cama, me abraçou e assim permanecemos. Depois de alguns minutos, afastou-se de mim, ainda segurando a minha mão. — Vamos fazer isso.

Caminhamos até o meu carro e dirigimos apenas alguns quilômetros estrada abaixo, a alguns quarteirões da loja de conveniência onde nos encontramos pela primeira vez. Como me indicou, virei em uma rua lateral.

— É logo ali — falou —, onde o carro vermelho está estacionado.

Avancei e estacionei no meio-fio, atrás do carro.

— Aqui?

— É neste prédio — disse, inclinando a cabeça para uma estrutura de dois pisos e teto plano.

— Qual é o número? Posso poupar o trabalho, quando você e Charlotte começarem a procurar apartamentos. — *Que coisa estúpida para dizer.*

— Dois-zero-sete, o que fica ao lado da escada.

Olhei para a porta. Não sei como esperava que fosse, mas não havia nada de especial nela.

— Ela se parece com uma porta qualquer — falei.

Ele ergueu os ombros.

— Eu pareço um sujeito qualquer.

— Não para mim.

Ele se aproximou e segurou a minha mão.

— Está com medo?

— Estou.

— Eu também.

— Por que não estarei lá quando minha filha morrer?

Ele abaixou a cabeça.

— Imagino que Charlotte não desejava que você a visse partir.

— Por quê?

— Porque você já sofreu demais por ela. — Inclinou-se e me abraçou.

Depois de alguns minutos, se endireitou e me olhou nos olhos. — Eu sempre te amarei.

— Você não pode me prometer isso. Não assim. — Afundei a cabeça em seu ombro. Ele apenas me abraçou outra vez.

— Beth, tem certeza de que é isso que quer?

— Por favor, não me tente. Quero que minha filha seja feliz. Quero que você seja feliz com ela.

— Você está sempre cuidando dela.

— É por isso que está aqui, não é? — Afaguei suas costas. — Da próxima vez que me encontrar, estarei catorze anos mais velha. Não serei tão bonita.

— Eu já vi você daqui a dezenove anos. Você ainda é bonita.

Nenhum dos dois falou qualquer coisa depois disso. Simplesmente permaneci abraçada a ele. Alguns minutos mais tarde, ele suspirou.

— Está na hora — disse. — Não posso mais adiar isso.

Soltei-o lentamente.

— Cuide da minha menina.

— Eu prometo.

Abriu a porta do carro e saiu. Em seguida, debruçou-se na janela.

— *Ciao, bella.*

Enxuguei os olhos.

— *Ciao* — virou-se e começava a se afastar, quando gritei:

— Matthew!

Deteve-se. Saí do carro, corri até ele, e nos abraçamos.

— Não se esqueça de mim. Prometa-me.

— Não sei se posso cumprir.

— Não consigo viver com isso. Posso perder você para ela, posso sacrificar meu amor, mas não posso viver se você nunca souber que tivemos este momento. — Ergui os olhos, suplicante. — Você me disse uma vez, "Você não acreditaria nas coisas que consigo prometer". Prometa a mim. Por favor, apenas diga.

Olhou-me nos olhos e deslizou o dedo pelo meu rosto.

— Eu prometo.

— Está bem — respondi. — Está bem. — Afastei-me, ainda segurando sua mão. — *Ci vendiamo*. — Dei um passo para trás, até que nossas mãos se soltaram.

— Tchau.

Virou-se e o vi caminhar até o prédio. Olhou para mim mais uma vez e deu um breve aceno. Enxuguei as lágrimas e acenei de volta. Depois, entrei no carro e fui buscar Charlotte.

CAPÍTULO
Trinta e seis

*Dizem que nunca se pode voltar para casa.
Mas não é a casa que muda. É o viajante.*

✦ Diário de Beth Cardall ✦

Hesitante, Matthew segurou a maçaneta, sem saber o que encontraria atrás dela, e ainda mais inseguro de qual seria sua reação. Relembrou a véspera de Natal do ano anterior, quando o casal desconhecido forçou-o a sair do apartamento com um taco de beisebol. A possibilidade de encontrá-los novamente era muito menos assustadora do que a perspectiva de ver Charlotte na cama, lutando para viver — e testemunhar a sua morte. Ou ela já teria morrido? Olhou para a alameda atrás de si para, quem sabe, vislumbrar o carro de Beth, mas ele não estava mais lá.

Girou a maçaneta. Não se surpreendeu de encontrar a porta destrancada, achava que seria assim, pelo mesmo motivo que sabia que deveria estar ali. Abriu lentamente a porta, respirou fundo e deu um passo adiante, atravessando o umbral do tempo e selando o passado atrás de si.

Percorreu os olhos pela sala silenciosa. O apartamento estava exatamente da maneira como se lembrava dele. Sua mobília estava lá. O revestimento de madeira sumira, e as paredes estavam pintadas de amarelo baunilha, adornadas com fotografias. Na parede da sala, sobre o sofá, encontrava-se a foto nupcial de Charlotte. Ele estava de volta. Dois mil e oito estava de volta. Onde estava Charlotte? Estaria viva? Precisava vê-la! Voltou-se para a porta aberta do quarto e caminhou em sua direção lentamente. Em seguida, ouviu uma voz.

— Matthew?

Só então Charlotte saiu do quarto, seus cabelos jogados de lado enquanto ela punha um brinco. Vestia um suéter natalino de cores vivas, justo o suficiente para acentuar a pequena protuberância em sua barriga, estava mais linda do que nunca.

— Onde você esteve, amor?

Ele apenas fitou Charlotte e sua barriga, tentando esconder a emoção.

— Você está bem.

Ela sorriu.

— Claro que estou, bobinho. Eu disse que era apenas um pequeno enjoo de fim da tarde. Onde você esteve?

Ele a fitou.

— Eu... bem... fui dar uma caminhada.

— Sem o casaco?

Ele caminhou até ela e a abraçou com força, emocionado.

— Charlotte.

Ela riu.

— Cuidado, você vai me desarrumar. Agora vá logo se trocar ou nos atrasaremos para a festa da mamãe.

— Claro.

Ele foi até o quarto se trocar. Algumas coisas estavam iguais, algumas estavam diferentes. Havia roupas novas no armário, misturadas a outras que ele reconhecia. Vestiu calças de veludo e um suéter que nunca tinha visto.

Quando saiu, Charlotte aguardava ao lado da porta, segurando um pequeno embrulho. Ela olhou para ele.

— Eu adoro esse suéter. Não foi a mamãe que deu de presente de aniversário?

— Não me lembro.

— Acho que foi. Ela ficará feliz de vê-lo usando. Você está com as chaves?

— Não. Onde estão?

— Onde sempre ficam.

Matthew foi até a cozinha e ficou aliviado ao descobrir que as chaves estavam na mesma gaveta onde sempre as colocava. Olhou em volta.

Estava diferente. Fora decorada segundo a arquitetura toscana. Ele lembrava de alguns detalhes, mas não de todos, talvez sua intervenção tivesse mudado em suas vidas mais do que imaginava.

— Vamos, Matthew, estamos atrasados.

— Estou indo — disse.

Charlotte deu a mão para ele enquanto saíam do apartamento.

— Foi tão gentil de sua parte me abraçar daquele jeito. Não sei o que deu em você, mas continue assim.

— Só estava pensando que, se algo acontecesse a você, nunca superaria perdê-la, eu amo você, Char.

— Por que pensou nisso?

— Não sei — respondeu. Olhou de volta para ela. Charlotte parecia diferente. Pôde reconhecer na mulher a pequena menina. — Quantos anos você tinha quando foi diagnosticada com doença celíaca?

— Foi por acaso — respondeu. — Não sei. Era bem pequena, acho que tinha seis anos.

Ele assentiu.

— Seis — respondeu. — É claro.

Caía um pouco de neve quando saíram em direção ao carro. Matthew abriu a porta para Charlotte e depois entrou, ligou o aquecedor e saiu do estacionamento do prédio. As ruas estavam quase todas desertas, e ele virou na primeira travessa que encontraram.

— Para onde estamos indo?

— Pensei que estivéssemos indo para a casa da sua mãe.

— A casa de mamãe não é por aqui.

Ele fez um retorno e então encostou no meio-fio.

— Desculpe, estou com muita dor de cabeça. Você se importa de dirigir?

— De modo algum.

Matthew saiu do carro e deu a volta, enquanto Charlotte deslizava para o banco do motorista. Ele entrou e colocou o cinto de segurança.

— Não sabia que você não estava se sentindo bem — comentou Charlotte. — Você está bem-disposto para a ceia?

— Ficarei bem.

Charlotte deu partida no carro, fez meia-volta e em seguida rumou para o sul, em direção ao grande Cottonwood Canyon. Dez minutos depois, entraram em um condomínio fechado de grandes casas. Na estrada, havia um enorme portão, pintado com faixas amarelas e vermelhas e decorado com luzes natalinas, ao lado de uma guarita. O guarda uniformizado abriu a janela.

— Feliz Natal.

— Um Feliz Natal para você — desejou Charlotte. — Vamos à casa de minha mãe, os Breinholts.

Breinholts?

— Só um minuto, por favor. — O guarda pegou o interfone, falou com alguém e pediu para prosseguirem no momento em que o portão se abriu. Um minuto depois, Charlotte adentrou o portão de carros de um casarão feito de pedra, próximo do fim do condomínio.

A casa era imponente e cheia de pontas, com uma enorme chaminé de pedra e grandiosas luminárias a gás ao longo da fachada, que tremulavam contra o céu cinzento de inverno. Até mesmo no inverno a paisagem era exuberante, e os pinheiros altos do jardim tinham sido profissionalmente decorados com luzes natalinas. Matthew contemplou admirado tudo aquilo.

— Há quantos anos ela mora aqui?

— Desde que se casou com Kevin. — Ele olhou-a. *Kevin?*

— Quanto tempo faz... — Charlotte perguntou a si mesma —, catorze anos? Acho que eu tinha dez ou onze anos.

Matthew examinou a construção.

— Eis aí uma grande casa — disse para si.

Charlotte estacionou o carro sob o pórtico de pedra que conduzia à entrada da casa.

— Tem certeza de que se sente bem? Caminhou muito no passeio que fez?

Você não faz ideia de quanto, pensou.

— Bastante.

— Bem, se precisar ir embora, apenas me avise. Mamãe irá compreender. A propósito, Kevin retirou um tumor do braço e está todo enfaixado, caso você se pergunte.

— Ele está bem?

— Foi por precaução. Você sabe como a mamãe fica quando se trata de câncer.

Saíram do carro e caminharam sob o comprido pórtico até a porta da frente — uma porta de madeira entalhada, alta e arqueada, com pesados ornamentos de cobre. Charlotte abriu-a, e revelou um hall de entrada iluminado, com piso de mármore, e ambos mergulharam em uma torrente de calor e luz.

— Mãe, pai, chegamos — falou alto.

Um homem com têmporas grisalhas, bem-vestido e de aparência elegante adentrou o hall. Tinha um sorriso largo e agradável.

— Charlotte, Matthew, feliz Natal!

— Feliz Natal, papai! — respondeu Charlotte, correndo até ele. Abraçaram-se.

— Como vai, Matt?

— Ótimo — disse. — Feliz Natal. — Apontou para as ataduras no braço de Kevin. — Você está bem?

— Não é nada. O tumor era benigno, mas obrigado por perguntar. Você precisa provar um pouco do meu aperitivo. Acho que finalmente acertei a medida.

— Eu adoraria.

Kevin disse à Charlotte:

— Sua mãe ainda está se arrumando. Está lá em cima há quase uma hora. Com vocês aqui, talvez ela finalmente resolva descer.

— Não entendo por que ela faz isso — comentou Charlotte. — Somos só nós, afinal.

— Foi o que disse a ela. Mas você conhece sua bela mãe, sempre quer estar arrumada. Vou avisar que vocês estão aqui.

Caminhou até o pé da escada circular e gritou:

— Beth, as crianças chegaram.

CAPÍTULO

Trinta e sete

*Assim como uma jornada de mil quilômetros
termina com alguns poucos passos,
uma espera de décadas termina em alguns segundos.
É chegada a hora.*

Diário de Beth Cardall

Estava sentada na cama quando Kevin me chamou.

— Já vou — respondi. Voltei para o banheiro e contemplei-me mais uma vez no espelho. Mesmo que conseguisse esconder o inchaço de meus olhos, não poderia esconder as rugas. Se ele se lembrar, parecerei velha para ele?

É claro que sim. Para ele, eu estarei quase vinte anos mais velha. Ele parecerá o mesmo do que na semana passada, quando veio ajudar Kevin a instalar a nova televisão no andar de baixo.

Não posso me esconder aqui para sempre, falei para mim mesma. Respirei fundo, e saí do quarto, caminhei pelo corredor e desci as escadas. Charlotte e Matthew estavam no hall de entrada, logo abaixo. Ambos ergueram os olhos para mim.

— Feliz Natal, mamãe — disse Charlotte.

— Feliz Natal, querida. Você está magnífica. Como está se sentindo?

— Estou bem.

Virei-me para Matthew e disse de um modo um pouco formal:

— Feliz Natal, Matthew.

— Feliz Natal, mãe.

Quando cheguei ao pé da escada, beijei Charlotte e, em seguida, Matthew.

— Vocês precisam provar o aperitivo de Kevin — disse a eles.

— Ele já nos ofereceu — respondeu Matthew. — Estávamos prestes a ir até a cozinha.

— É sempre algo novo — comentou Charlotte. — Felizmente, tudo que ele faz é fabuloso.

A campainha tocou e, antes mesmo que eu pudesse caminhar até a porta, ela se abriu e Roxanne entrou.

— Alguém em casa?

— Rox — falei.

— Minha boneca. — Correu e me abraçou. — Feliz Natal, puxa, você está magnífica. Ray, apenas fique na sua.

Ray estava alguns metros atrás dela, resmungando um pouco e apoiado em sua bengala.

— Feliz Natal, Beth.

— Feliz Natal, Ray. Kevin está na cozinha. Tem cerveja gelada na geladeira.

— Pode deixar.

— O que é isso que está usando? — observou Roxanne, olhando para o meu camafeu. — É novo?

— Não. É muito antigo. Eu o tenho desde Capri.

— É o... — e se deteve. Roxanne raramente se continha, mas falar sobre Capri sempre significara passar dos limites.

Desviei o olhar e vi que Matthew me encarava.

— É bonito — falou. — Desde quando você o tem?

— Faz muito anos. Foi um amigo querido que me deu.

Roxanne disse a Matthew:

— Olá, seu italiano bonitão. Me dê um beijo.

Matthew deu um sorriso amarelo.

— Oi, Rox. — E beijou seu rosto.

— Sempre no rosto — falou. — Sempre no rosto. Apenas dessa vez eu gostaria de um beijão na boca. E olhe só para você, garota — disse, tocando a barriga de Charlotte. — Você está linda, com esse bolinho no forno. E que cheiro divino é este? O que Kevin está aprontando este ano?

— Não importa o que papai faça, sempre fica bom — respondeu Charlotte.

— Ele está tentando algo novo este ano — falei. — Comida italiana.

— *Mamma mia* — disse Rox. — Simplesmente adoro comida italiana.

— Tudo que é italiano, também. Você também — disse a Matthew. — Eu também deveria ter me casado com um.

— Deveria — disse Ray, da cozinha.

— Deixe que eu guardo seu casaco.

Pendurei seu casaco no armário da entrada e olhei de relance para Matthew, que agora caminhava pela casa, olhando fotografias com uma mão no bolso e um drinque na outra. Kevin me chamou da cozinha:

— Beth, você pode servir o aperitivo?

— Claro. — Fui até a cozinha. Kevin enchera um prato com seus medalhões de ostra enrolados em bacon, presos com palitinhos. Peguei um deles e coloquei na boca.

— Delicioso, querido.

Kevin sorriu para mim.

— Obrigado.

Peguei a bandeja.

— Estão servidos?

— Eu quero um — disse Ray. — Ou dez.

— Matthew?

— Claro. Obrigado. — Pegou dois. — Um para Charlotte — disse.

— Ela não pode comer — falei.

— Não?

— Você sabe... gravidez e mariscos.

— Puxa. Desculpe. Esqueci. — E devolveu um deles.

— Não, fique com ele. Um jovem robusto como você pode comer os dois. — Comecei a me afastar e então me detive. — Matthew, você pode pegar os guardanapos?

— Claro. — Olhou em volta. — Onde estão?

— Onde você os colocou da última vez — falei. Ele não se moveu. Apontei para uma gaveta. — Ao lado da lava-louças.

— Certo — respondeu. Abriu a gaveta e pegou um punhado.

Vinte minutos depois, Kevin gritou:

— O jantar está pronto. Todos para a sala de jantar.

Charlotte e eu ajudamos Kevin a levar os últimos pratos à sala de jantar, onde todos nos reunimos.

— Onde você quer se sentar, mãe? — perguntou Charlotte.

— Kevin, você fica na ponta. Rox e Ray, vocês ficam ali, ao meu lado. Matthew, você e Charlotte se sentam aqui.

Quando nos sentamos, Kevin segurou minha mão.

— Você se importaria de fazer a prece, querida?

— Eu adoraria, obrigada. — Inclinei a cabeça. — Senhor, agradecemos por este belo Natal e pelos Natais passados. Agradecemos pelas graças e fartura que nos concedeu. Agradecemos por nossa família. Rogamos que abençoe esta comida que nos oferece, para que possamos servir ao Senhor. Amém.

Seguiu-se um coro de améns, o mais alto dos quais, claro, brotou de Roxanne. Kevin disse:

— *Buon appetito*. — Virou-se para Matthew. — Falei certo?

— Como um nativo — respondeu Matthew.

— O que fez para nós? — perguntou Charlotte.

— Pensei em tentar gastronomia italiana este ano. *Prima piatto* — disse, maltratando o idioma —, *Manicotti*. E para a dieta especial de nossa garota favorita, *manicotti* enrolado em espinafre, caldo de linguiça e vitela à parmegiana.

Charlotte sorriu.

— Obrigada, papai.

— O prazer foi meu, querida.

Kevin entornou o caldo de linguiça em nossos pratos. Quando todos foram servidos, Charlotte perguntou a Roxanne:

— Como está a Jan?

— Ah, você sabe, ocupada "mamãezando" o Ethan Jr. Ele está com cinco anos.

— Somos amigas no Facebook — disse Charlotte. — Ela posta fotos do Ethan quase todos os dias.

— Aquele menino é um monstro — comentou Roxanne. — E só está no jardim de infância.

— Ele não é um monstro — retrucou Ray, levando a colher à boca.

— Ele é um monstro — insistiu Rox, apontando o garfo para Ray.

— Só depois que você der à luz a um menino de quatro quilos você poderá falar. — Virou-se para Charlotte. — Quando me casei com o senhor Certo, não sabia que o seu primeiro nome era *Sempre*.

Ray balançou a cabeça. Charlotte riu.

— Eu sempre soube que ela seria uma mãe excelente. Ela era uma babá tão divertida. Fiquei triste quando soube que ela não viria para cá este ano. O Natal não é o mesmo sem ela.

— Ela nunca visita ninguém no Natal. Vá entender, especialmente agora que seu sobrenome é Klaus. Nunca imaginei que minha filha seria uma senhora Klaus. Fiquei arrasada quando soube que ela não viria, não fiquei, Ray?

— Arrasada — repetiu.

— Acho que Tim anda muito ocupado no trabalho. Ele agora é sócio da clínica, e por isso toda a responsabilidade recai sobre ele. E como você está? Sua mãe disse que você sentiu um pouco de enjoo.

— Não é nada. Mamãe sempre se preocupa comigo. Na verdade, é Matthew que não está se sentindo bem esta noite. Ele está com uma dor de cabeça terrível.

Estava acompanhando a conversa, e virei-me para ele.

— Que pena. Quer algum remédio?

— Não, eu estou bem — disse Matthew, aparentemente constrangido pela atenção. — Não é nada.

— Nada? — disse Charlotte. — No caminho, ele começou a dirigir para o lado errado. Olhei-o, curiosa.

— Para onde estava indo?

Charlotte falou antes dele.

— Ele estava indo para o norte, na Vinte e Três, em direção à sua antiga casa. — Observei-o, e nossos olhos se encontraram.

— E agora, está se sentindo bem?

— Estou melhor.

— Bom. — Dei um gole de vinho e desviei o olhar. Alguns minutos depois, falei: — Kevin e eu temos um pequeno presente para vocês.

— Querida, achei que iríamos esperar até terminarmos de jantar — objetou Kevin.

— Desculpe. Pensei que seria divertido misturar um pouco as coisas. Está bem para você?

Ele sorriu.

— É claro. O que quiser, princesa.

Kevin era sempre assim. Não apenas me chamava de "princesa", ele me tratava como uma. Foi desse jeito desde o nosso primeiro encontro, me apaixonei imediatamente.

Fui até a sala de visitas, peguei quatro pequenos embrulhos e levei-os até a sala de jantar. Entreguei um para cada convidado.

— *Muchas gracias* — agradeceu Roxanne. — Espere, eu deveria dizer *grazie*.

— *Prego* — respondi.

— Olhe, parece ser um CD — falou Charlotte. — O que será que é?

— Só há um modo de descobrir — disse Kevin. — Abra.

Roxanne abriu o seu primeiro.

— Ah, pare com isso. Josh Groban!

Achei graça.

— Adoro o modo como é fácil agradar você.

Ray foi o próximo.

— Grateful Dead, bacaaana. O eterno Jerry Garcia.

— Acertou em cheio — disse Roxanne.

— Eu não sou uma paranormal — falei para Ray. — Rox sugeriu seu presente.

— Minha vez — falou Charlotte. Desembrulhou cuidadosamente seu presente. — Puxa, Michael Bublé. Eu adoro a música dele. Obrigada, mamãe e papai.

— De nada, querida — falei. Roxanne disse:

— Está bem, Matt, só falta você.

Estivera observando Matthew de canto de olho. Mantivera-se sentado em silêncio, observando todos abrirem seus presentes.

— Ei, o seu tem o dobro do tamanho do nosso — falou Charlotte. — Está se sentindo importante?

— Fiquei dividida entre dois CDs — falei. — Então comprei os dois.

— Obrigado — falou Matthew. Desembrulhou devagar e ergueu o primeiro CD. Começou a rir, e levantou-o para que todos pudessem ver.

— Santo Deus — disse Roxanne —, não vejo um desses desde que eu e Ray nos amassávamos na traseira de seu Galaxy, no Drive-in Olympus.

— *Embalos de sábado à noite* — disse Matthew. — Fantástico.

Charlotte começou a rir.

— Este é um presente de grego?

Roxanne elevou a voz.

— Você está falando dos Bee Gees, garota. Mais respeito.

Matthew olhou para mim e sorriu.

— Os Bee Gees. Perfeito. Obrigado.

— Só não queria que você passasse a vida toda sem saber quem foram eles.

Olhou-me, e havia um brilho em seus olhos.

— Como poderia me esquecer?

— E qual é o outro? — perguntou Rox. — Não nos deixe ansiosos.

Matthew retirou-o do embrulho, embora víssemos o sorriso em seu rosto antes do CD.

— Savage Garden — falou.

— Ah, esse é bom — falou Charlotte. — Você gosta deles, não é? — perguntou a Matthew.

Ele assentiu.

— Adoro.

— Há uma música neste álbum de que gosto especialmente — falei.

— "Truly Madly Deeply".

— Puxa, eu amo essa música — respondeu Charlotte. — Descobri como mamãe era antenada depois que ela trouxe o CD para casa antes de mim ou de meus amigos. Acho que ela comprou no dia em que o disco foi lançado.

Virou-se para mim.

— Lembro que uma vez você cantava essa música no banheiro, eu entrei e você estava chorando.

Baixei os olhos, um pouco constrangida.

— É uma música delicada.

Matthew concordou.

— Ela traz recordações.

— Que tipo de recordações? — perguntei.

— Recordações afetuosas.

A conversa subitamente mergulhou no silêncio. Kevin suspirou.

— Está bem, está bem. Ia esperar para fazer isso depois da ceia, mas já que Beth abriu as comportas, eu também tenho uma pequena surpresa.

Virei-me e olhei para ele.

— Uma surpresa?

— Sim, eu sei que você odeia surpresas, mas dessa vez você vai ter que aguentar. — Pegou um pacote plano, belamente embrulhado, que estava no chão, ao lado de sua cadeira. Entregou-o para mim e me beijou. — Feliz Natal, querida.

— Você me pegou totalmente de surpresa. Não fazia ideia.

— Ouçam todos — disse Kevin, erguendo as mãos para o ar. — Quero que vocês testemunhem isto. Uma vez na vida consegui deixar a Beth surpresa. Vocês não fazem ideia de como é difícil surpreender essa mulher com qualquer coisa.

— Sei bem — comentou Roxanne. — Essa mulher é uma vidente. Ela praticamente prevê o futuro.

— Sério? — perguntou Matthew.

— Os últimos dez Super Bowls e todos os cinco *American Idol*.

— Já chega, Rox — falei.

Retirei a fita e abri o embrulho metálico vermelho. Dentro dele, havia um envelope de papelão branco e verde. Abri-o, expondo seu conteúdo.

— O que é isso? — retirei do envelope dois bilhetes de avião. — Fiumicino, Roma.

— Passagens de avião para a Itália — anunciou Kevin.

Por um momento, fiquei sem reação. Minha cabeça rodava em um milhão de direções.

Kevin me olhou atentamente.

— Bem, é uma surpresa feliz?

Inclinei-me e o beijei.

— Muito feliz. Obrigada, querido. Você é caprichoso até demais.

Kevin se vangloriou.

— Não para a minha garota. Feliz Natal, querida.

— Estou tão feliz por vocês dois — disse Charlotte. — Mamãe não vai para a Itália desde... o senhor Matthew. — Olhou para mim. — Uau. Faz um bom tempo que não digo esse nome.

— Quem é o senhor Matthew? — perguntou Kevin.

— Uma antiga paixão — disse Roxanne, acenando. — Já apagou faz tempo, *puf*, a fumaça se dissipou, sumiu, nada com o que se preocupar.

— Você nunca me falou sobre um *senhor Matthew* — Kevin me disse com delicadeza, erguendo as sobrancelhas.

— Bem, uma garota precisa guardar alguns segredos — falei, evitando o olhar de Matthew. — É o que a torna interessante.

Kevin se inclinou e me beijou.

— Do jeito que gosto de você.

— Mamãe — disse Charlotte —, você não jogou uma moeda na Fontana de Trevi?

— Eu assisti àquele filme — comentou Roxanne —, *A fonte dos desejos*. Se você jogar uma moeda na Fontana de Trevi, irá voltar para Roma. Se jogar duas... — Parou. — Não me lembro.

— Encontrará um amor — disse Matthew. Olhou para mim. — Quantas moedas você jogou, Beth?

— Duas.

— E conseguiu o que desejava?

Meus olhos se encheram de lágrimas e olhei para Kevin.

— Consegui as duas coisas. — Coloquei as passagens de volta no envelope. — Obrigada.

— Você é tão romântico, papai — disse Charlotte. — Assim como Matthew.

— Bem — disse ele, sorrindo como o gato de Alice —, alguém por acaso reparou na data desses bilhetes?

Olhou para mim e eu balancei a cabeça.

— Partiremos depois de amanhã. Passaremos o Réveillon na Piazza del Popolo. — Virou-se para Charlotte e Matthew. — E por "nós" me refiro a nós quatro. Precisamos partir antes que a nossa criança cresça demais por causa de seu bebezinho.

Charlotte gritou.

— Sério?! — Levantou-se, contornou a mesa até Kevin e o abraçou. — Obrigada, papai.

Ele estava exultante de alegria.

— De nada, minha querida.

— Obrigado, Kevin — disse Matthew. — É muita generosidade de sua parte.

— Bem, achei que seria uma boa escapada enquanto somos apenas quatro. Uma espécie de último "hurra!" do casal sem filhos. E, além disso — disse, piscando —, dessa forma não precisarei contratar um intérprete.

— Obrigada, querido — falei para Kevin. — É uma surpresa maravilhosa.

Ele ergueu o cálice.

— Um brinde. À família.

— À família — acompanhei. — E isso inclui você, Rox.

— É bom mesmo — falou. — E aí, Kev? Vai nos levar também?

— Em uma próxima vez — disse.

— Minha vida inteira foi assim. — Ergueu o cálice. — À família.

— À família — Matthew falou.

Tomei um gole de vinho e, em seguida, corri os olhos pela sala. Era perfeito. Havia tanta alegria e calor humano. Havia tanto por que ser grata.

Todos estavam tão felizes. Tudo estava perfeito. Quando os ânimos arrefeceram um pouco, falei:

— Matthew, por que não vem comigo e apanho um analgésico para você?

Pousou o guardanapo sobre a mesa.

— Obrigado. Já volto — falou para Charlotte.

Subi a escada com pressa. Quando Matthew chegou até o corredor do andar de cima, agarrei seu braço e o puxei até meu quarto, trancando a porta atrás de nós.

— Beth — falou.

Abracei-o.

— Faz tanto tempo.

— É como se tivesse sido esta tarde — falou Matthew.

Dei um passo atrás.

— Faz dezoito anos. Eu pareço velha, não pareço?

Balançou a cabeça.

— Você está ótima.

Sorri com tristeza.

— Você não faz ideia do que foi guardar este segredo, sem ninguém para compartilhá-lo! — Apertei sua mão. — *Mamma mia*, o dia em que Charlotte trouxe você para casa pela primeira vez e fingi que nunca nos vimos — enxuguei uma lágrima do rosto — e esperar que Charlotte adoecesse...

— Charlotte não tem câncer — falou, perguntando ao mesmo tempo que afirmava.

— Não, não tem. Você voltou para me salvar e salvou-a também. Você nos salvou a todos.

— Há quanto tempo está casada com Kevin?

— Treze anos.

— Você o ama?

— De todo o coração. Ele é um homem maravilhoso. E eu o devo a você, sem você nunca o teria conhecido.

— A mim?

— Depois de Marc, jamais pensei que poderia confiar em um homem novamente. Você me deu a coragem para confiar. Você me deu esperanças de que havia homens como você lá fora.

Ele tocou o meu rosto com a mão e segurei-a com a minha.

— E agora, o que fazemos? — perguntou.

Um sorriso largo cruzou meu rosto.

— Vivemos. Você tem Charlotte de volta. Eu tenho Kevin. Fomos abençoados.

— E nós dois?

Balancei a cabeça e sorri.

— Sou grata por minha filha ter um homem como você. Minhas duas pessoas mais queridas neste mundo têm uma à outra. O que mais uma mãe poderia desejar?

— É verdade, mas é isso que quer?

Meus olhos se encheram de lágrimas.

— Eu sempre te amarei. Sabia disso?

Ele aquiesceu.

— E eu sempre te amarei.

— E sempre teremos o ano de 1990.

Ele sorriu.

— O ano em que Mili Vanilli foram desmascarados!

Comecei a rir.

— Você estava certo sobre aquilo.

— Você achou que eu tinha inventado?

Rimos os dois, descontraídos. E, então, ele disse:

— Feliz Natal, Beth.

— Feliz Natal. — Apenas olhei-o nos olhos por um instante e, em seguida, falei: — É melhor voltarmos para a festa.

Concordou com a cabeça, virou-se para sair, então se deteve.

— Posso te abraçar mais uma vez? Olhei-o por um momento, e sorri.

— Eu adoraria.

Aproximou-se de mim e me envolveu com os braços. Meu coração estava repleto. Não de tristeza ou arrependimento, não de paixão ou desejo, mas de amor — gratidão e amor. Talvez ambos sejam a mesma coisa. Estou certa disso. Dezoito anos não foi tempo demais para esperar um momento daqueles.

CONHEÇA OUTROS LIVROS DO SELO

- Transformação
- Cura
- Resiliência

O QUE VOCÊ FARIA SE TIVESSE PERDIDO TUDO?

Quando isso acontece na vida do publicitário executivo de Seattle, **Alan Christoffersen**, o mesmo é levado aos pensamentos mais obscuros ao planejar acabar com seu sofrimento. Porém, Alan decide mudar seu caminho. Levando apenas o essencial, Alan deixa para trás tudo que conhece e segue para Key West, Florida. As pessoas que ele encontra ao longo do caminho e as lições que compartilham salvarão a vida de Alan — e irão inspirar a sua. A **Série "Caminhos"** é uma jornada de mudança de vida e uma história inesquecível sobre um homem à procura de esperança.

A SEGUNDA JORNADA DA SÉRIE CAMINHOS TRAZ AINDA MAIS LIÇÕES DE ESPERANÇA

Alan Christoffersen, um bem-sucedido executivo de publicidade, acorda uma manhã e encontra-se ferido, sozinho e preso a uma cama de hospital.

Ele já havia passado por situações extremas quando decidiu atravessar o estado de Washington, nos Estados Unidos. Em busca de respostas, essa longa caminhada poderia ser um recomeço para a sua vida. Mas, quando se encontra imobilizado, ele percebe o quanto a vida ainda tem a lhe mostrar e ensinar.

- Esperança
- Ensinamentos
- Destino

Todas as imagens são meramente ilustrativas.

 /altanoveleditora /altanovel